竜人さまに狂愛される
悪役令嬢には王子なんか
必要ありません！

character
シーラン
竜人の王子。
優しく誠実で、シャルロットを
一途に想っている。
シャルロット
公爵家の令嬢。
ゲームでは冷たい性格だったが
転生後は前向きで元気な少女。
チビドラ
シャルロットに懐いている
子どもの竜。

ラーロ
シャルロットの伯父。
性格に難ありの魔法使い。
クレア
シャルロットの
婚約者である王子。
視野が狭く短気。
モフカ
ゲームのヒロイン。シーランを
狙っているようで……？
シンラ
シャルロットが王城で出会う
料理人の少年。
リズ
シーランの兄。
明るいムードメーカー。
リオ
シーランの従者。賢く冷静な青年。

今日のわたしはとても上機嫌。それは待ちに待ったクレア王子のグッズの発売日だから。

クレア王子とは、乙女ゲーム『恋する乙女は誰を好きになる？』に登場する、一番人気のイケメンキャラで、わたしが崇拝《すうはい》する素敵な非リアル彼氏なのだ。

わたしは学校でも浮かれ気分から抜け出せず、幾度先生に注意されても心ここにあらずだった。

本日最後の授業も終わり、放課後のチャイムが鳴ると、教室から勢いよく飛び出す。

カバンから取り出した愛用のワイヤレスイヤホンを両耳に付け、スマホアプリのミュージックプレーヤーの再生ボタンをタップする。すると、『恋する乙女は誰を好きになる？』のサウンドトラックに収録されているエンディングテーマが流れ出した。向かうは駅前のアニメショップだ。エンディングテーマが繰り返されるたび、わたしのテンションが上がっていく。歌詞を口ずさむ声は徐々に大きくなり、歩幅も大きくなる。すれ違う人が目を背《そむ》けるが、一切気にすることなくひたすら突き進んでアニメショップに辿り着いた。三階まで一気に階段を駆け上がり、乙女ゲームフロアへまっしぐら。

お財布からグッズの引換券を三枚取り出し、満面の笑みでレジカウンターの店員に話しかけた。

「すみません！　三枚ともク、クレア王子の抱き枕カバーと引き換えお願いしまひゅ！」

「少々お待ちくださいね」

体をビクッとさせながらも、温かい目でこちらを見る店員さんは、わたしが少し噛んだことも気にせず、バックヤードへ商品を取りに行く。

——数分後。わたしは鼻息を荒くしつつ、アニメショップの袋を大事に抱えてお店を後にした。

「やったー！　いらっしゃい！　クレア王子ー‼」

店内で抑えていた感情が爆発する。手に入れた三枚の抱き枕カバーは、もちろん使う用に観賞用に……使う用っ！　今月のお小遣いと去年のお年玉の残りが全部飛んだけど気にしない。だって、今日から毎日ベッドでダブルクレア王子に挟まれるのだから。

ウキウキしながら横断歩道の前で信号が青に変わるのを待つ。その時、わたしの背中に誰かがぶつかってきた。わたしはなんとかその場に踏みとどまったけど、鞄にぶら下げていたクレア王子の限定キーホルダーがその弾みで外れ、横断歩道へと転がっていく。

「あーもうっ！　アレを手に入れるのにどれだけ苦労したと思ってるのよぉ！」

わたしは信号待ちしていたのを忘れ、キーホルダーを拾いに道路へと飛び出してしまった。

「よかったぁー！　壊れてない！」

大事なクレア王子のキーホルダーをそっと拾い上げたわたしの目の前には、トラックが迫ってきている。

（あっ、やばいっ！）

気が付いた時にはもう遅かった。わたしは咄嗟《とっさ》に目を閉じた。

★　☆　★

あーぁ。わたし上原花《うえはらはな》、十六歳。花の女子高生活が始まったばかりなのに、確実に人生が終わってしまった。

しかし、目をつぶったまま待つけれど、一向に自分の体に衝撃がやってくる気配はない。いや、既に大型トラックに勢いよく撥《は》ね飛ばされていて、痛みを感じる間もなく死んでしまっているのかもしれない。これが即死というものだろうか。この静寂《せいじゃく》が長く続く状況が落ち着かず、確認せずにはいられなくなった。

でも、ふと思う……自分の悲惨な最期が見えてしまうんじゃないかと。それでも、怖いもの見たさの気持ちが勝ったわたしは、震えながら恐る恐る目蓋《まぶた》を開く。

(……あれ？　なんだか眩《まぶ》しい？)

うっすら開けた目に強い光が差し込んできた。覚悟を決めたわたしは少し間を置いてから、一気に目蓋《まぶた》を全開にした。

瞳に映った景色は、透き通る青のキャンバス。いや違う、仰向《あおむ》けの状態で見る青空だ。それと何故だか、額《ひたい》と後頭部が激しく痛む。

頬にあたる光も真夏の日差しのように熱い。梅雨《つゆ》が明けたばかりのはずなのに。広がる青空には真っ白な入道雲が見える。わたしは緑色が生《お》い茂《しげ》る草の絨毯《じゅうたん》に寝転んでいた。

時折、風になびく芝生《しばふ》の先端が頬をくすぐる。視界の端には彩《いろど》り鮮《あざ》やかな薔薇《ばら》の壁が見えていた。

服装も衣替えをしたばかりの白のセーラー服じゃない。腰辺りが窮屈《きゅうくつ》なブルーのドレスを着ていた。

思考が停止したわたしは澄み渡る青い空をしばらく眺める。すると、複数の足音が近付いてきた。

青のキャンバスに入り込むのは、丈の長いスカートのメイドと、金属の鎧《よろい》をまとう騎士だ。彼らはわたしをそっと上から覗き込む。

「シャルロット様！」

「大丈夫ですか？　シャルロット様」

「お怪我はありませんか？　シャルロット嬢」

近寄ってくる誰もがわたしのことを〝シャルロット〟と呼ぶ。

メイド服の人に優しく起こされながら、次に視界に入ったのは真っ白なパラソルが開く丸いテーブル。そのテーブルの上ではティーカップが倒れて紅茶がこぼれおり、ケーキスタンドから落ちたケーキも原型を留めていなかった。

テーブル向かいの人物は、わたしを見て呆れ返った様子で、つまらなそうにため息をついた。

（きゃぁーーーーーーーー！）

わたしは自分の目を疑う。いや、疑いようがないくらいこの人を知っていた。彼は大大大大好きなクレア王子――黄金色のサラサラ髪に、透き通るような碧眼《へきがん》を持つ、第一王子のクレア・ラスターだ。目の前の彼は金の刺繍《ししゅう》があしらわれた、黄金のジュストコールを身につけていた。

当たり前だけど、キーホルダーや抱き枕なんかのグッズとは全然クオリティーが違う。ゲーム画面越しに幾度も眺めてはため息をついていた彼とも違った。目の前でリアルに動く、生クレア王子に興奮が冷めやらない。でも、どうして彼がわたしの目の前にいるのか。

それに、わたしのことをメイドや騎士が〝シャルロット〟と呼んでいる。シャルロットもゲームに登場するキャラクターで、ゲームにおいては学園生活最後の舞踏会で王子に婚約破棄をされ、断罪される悪役令嬢だ。シャルロットという名を聞いて、うすうす感づいてはいたけど、これはもしや、乙女ゲームの世界に転生したのでは、わたし？

これが、かの有名なトラックに轢《ひ》かれての異世界転生なのね？　そして、多分ここはラスター城内にある、様々な薔薇《ばら》が咲き誇る大庭園だわ。ゲームをプレイしていた記憶が鮮明に蘇《よみがえ》ってきた。

今は婚約者のシャルロットが花嫁修業の後のアフタヌーンティーを、クレア王子と楽しんでいたという場面よね、きっと。

（あぁ～、何、この眼福《がんぷく》は。幸せすぎる！　この後、クレア王子と手を繋《つな》いだりとか、色々しちゃったりして～！　はぁ～！）

しかし、わたしの高揚し続ける気持ちとは裏腹に、クレア王子は曇《くも》った表情で遠くを見つめていた。

テーブルに散らかったものをメイド達がササッと片付け、淹《い》れなおした紅茶や新しいケーキスタンドと交換されると、クレア王子が口を開く。

「具合が悪いのなら、とっとと帰るがいい。それで先程の話の続きなのだが……」

「すみません。話って？」

「はぁ？　……チッ」

（え？　チッって？　今、クレア王子が舌打ちした？）

「もう一度言ってやる。父上に頭を下げられたから、俺はお前との婚約を承諾したのだ。だが、明日から城で行われる花嫁修業中はもちろん、来年、学園で会ったとしても、俺に話しかけてくるな。わかったな。貴様の面を見るだけでも虫酸《むしず》が走る！」

（王子が……虫酸《むしず》が走るって言った？　今、虫酸《むしず》が走るって言ったよね？）

わたしを睨み付ける王子の冷え冷えした表情からわかる。クレア王子はシャルロットを既に嫌っている。

あれ？　ちょっと待って。それはおかしいよね？　ゲームのシナリオでは、シャルロットは七歳の時にクレア王子に見初《みそ》められ、十一歳の時に婚約。学園に入学する十五歳までは、クレア王子とシャルロットはがっつりと恋愛をしていたはずだ。なのにこれから花嫁修業が始まるうえに、来年学園に入学？　つまり十四歳で婚約したってこと？

まさかヒロインが登場してもいないのに破滅フラグが立ってる？　悪役令嬢としてヒロインをいじめてもいないのに？

「おい、シャルロット！　お前は俺の話を聞いているのか？」

「あ、はい。わたしからは近付かず、話しかけなければいいのですね？」

それが正解とでも言いたいのか、クレア王子は口角を上げてゆっくりと頷く。

「理解しているのならばそれでいい。この話はこれで終《しま》いだ。俺はもう戻る。お前も屋敷に帰るがいい」

「……ぇぇ……、そうさせていただきますわ。ラスター殿下、ご機嫌よう」

とっさにシャルロットの口調っぽく返事をしてみるも、用件を終えた王子はそれすらまともに聞かず、周りの者を引き連れて足早に大庭園を離れていった。

王子の姿が見えなくなったのを確認し、力が抜けたわたしはテーブルに覆《おお》い被さる。悲しい……なんで？　どーしてこうなったの？　わけがわからなかった。

乙女ゲームの内容ならおおかた知っているけど、この展開は謎が多すぎだ。一番大好きだったキャラクターに冷たくされて、衝撃と悲しみがとんでもなかった。

「クレア王子との恋愛期間さえ体験出来ないなんて……」

一言で表すなら、ほんと、トホホだよ。

★　☆　★

『恋する乙女は誰を好きになる？』略して〝恋好き〟。

それは、女性向け恋愛シミュレーションゲーム。いわゆる『乙女ゲーム』だ。

ヒロインは天真爛漫《てんしんらんまん》で笑顔を絶やすことのない可憐《かれん》な美少女、男爵家の一人娘モフカ・リクイド。

ゲーム中、彼女は王都にある学園で王子を始めとする攻略対象達と恋愛をする。攻略対象は、第一王子クレア・ラスター、宰相《さいしょう》の息子クラシス・スーシオ、騎士の息子テルガード・グラーバ、魔法使いの息子カルボン・アロージョ、医師の息子アレーナ・カスカーダの五名。

そして、シャルロットは攻略対象の一人である第一王子の許婚《いいなずけ》で、ヒロインにとっては脅威《きょうい》だ。シルバーのロングヘアー、切れ長のエメラルドの目を持つ公爵令嬢シャルロット・デュックは、ヒロインが王族や貴族の誰とでも対等に話すのを嫌って、言葉遣いや振る舞いなどを正してくる。『あなた、なってませんわ！』が口癖で、ヒロインとは真逆の、冷静で笑顔を見せない令嬢。

攻略対象が五人もいる中、わたしはぞっこんのクレア王子のストーリーしか周回していなかった。

そういえば、このゲームをやり込んだ友達が自慢げに言ってたっけ。〝隠しフラグを立てないと行けない別ルート〟が存在するんだとか。そのストーリーだけは絶対やっておいた方がいいってね。なんでも感動のあまり泣ける、とても素敵なお話なんだそうだ。

十一歳の時のヒロインが、ある条件をクリアするとフラグが立ち、数種類の隠しキャラが登場する。そうなると物語がガラリと変わってヒロインに聖女の力が発現したり、魔法のステータスが解放されたりするって力説していたなぁ。わたしは、その特別なルートを攻略する前にここに来てしまったので、内容が気になって気になって仕方がない。

それにしても、いつまでも庭園にいるわけにはいかないよね……。王子に帰れとは言われたけれど、この庭園からどうやって帰るの？　そもそも、どこへ帰るのかもわからないよ……

ボーッとしていたらテーブルの上のケーキに目がいった。えっと……とりあえず、新しく紅茶を淹《い》れてもらったことだし、ケーキも残したら勿体《もったい》ないよね。わたしはチーズケーキをお皿に移し、フォークで一口分を口に入れた。

途端、至高のスイーツの味わいに頬が緩んだ。濃厚なチーズの風味と芳醇《ほうじゅん》なベリー系果実のソースが口の中に広がる。これはデパ地下にあるお高めの洋菓子店の味だよ。

香り豊かな紅茶とスイーツは落ち込んだわたしの心を癒《い》やし、庭園に咲く彩《いろど》り豊かな薔薇《ばら》は目の保養になった。わたしはひとときの安らぎを得て、落ち着きを取り戻す。

「ご馳走様でした！」

前世というか、プレイしたゲームでは悪役令嬢ではなくヒロインとして何度も通ったラスター城が今、まさに目の前にある。ゲーム上でクレア王子と仲良く歩いた城内に興味が湧いた。

「あの、城の中を見て回りたいのですが？」

わたしについて残っていてくれたメイドに聞くと、入城の許可を取りに行ってくれた。数分後、戻ってきた彼女は「ロータスの池までなら許可をする！」という条件付きで許可を貰ったそうだ。

一時間後に庭園へ戻ることを告げ、わたしはその場を後にして城内へ進む。

そのメイドの話によると、先程わたしは王子との話の途中、崩れるようにテーブルへ激しくおでこを打ち付け、その弾みで真後ろへ椅子ごと豪快に倒れたらしい。このおでこと後頭部の痛みはその時のものかと納得した。メイドが井戸の冷たい水に浸《ひた》したハンカチでしばらく冷やしたものの、後頭部にタンコブが出来ているし、額《ひたい》は手を触れただけでヒリヒリ痛む。

城内を進んでいくと、おでこの痛みも忘れるほどの内装に唖然《あぜん》とする。

スチルとは違い、壁面がすべて金色に輝いていた。何故だろう、体にジャラジャラ金色のアクセサリーをつけていた、親戚の成金おばちゃんを思い出す。

「これはセンスないわー」

思わず声に出てしまうぐらいだ。その眩《まぶ》しさに目を細めながらしばらく進むと、城の中央にある池の前に出る。

ここはスチル集で見た覚えがあった。わたしはいろんな角度で池を眺める。この角度、ゲームにあったロータスの花が咲く池そのものだ。

ここが城の中央で、ここから東側と西側に向かって通路が分かれている。この池のロータスを眺めていると思い出す。ここは迎えの馬車が到着するまでの時間、ヒロインとクレア王子がおしゃべりをするイベントの場所。

そして、この突き当たりの奥にある応接間でのイベントでは、家庭教師と勉強をする王子とシャルロットの間に、無邪気なヒロインが割って入っていた。ゲーム中は考えたこともなかったけど、別の視点から見るヒロインって、なんてわがままなのだろう。

ちなみに勉強の内容はと言うと、この国の歴史だ。かの昔、別の王族が長年治めていて、ある時を境《さかい》に今の王族がこの国を譲り受けてラスター国になったと家庭教師に教わっていた。

ロータスの花の池から西側に進んでいくと書庫がある。そこでもヒロインは、シャルロットと王子の間に割り込んで本を読んでいた。書庫で三者三様の表情を浮かべながら、並んで本を読んでいるスチルを思い出す。

確かゲームの設定だと東側は王の間、ダンスホール、王族の部屋がある場所。さっきまでいた大庭園も東側。誰も来なさそうな小庭園は西側で見つけた。日当たりも良く、午後なら日向《ひなた》ぼっこにお昼寝が出来そうだ。

西側は王族がいる東側と比べ、天井や壁の絵画が修繕されておらず古臭い。窓は、はめ殺しの細工窓。床は全面大理石だけどところどころ欠けた部分が見られる。

こうやって眺めると、西側と東側ではまったく違う城内の表情が見てとれた。

「スチルと全然違うんだ。さてと、一通り見たし、残り時間も少なくなったから、後は書庫を見て大庭園に戻ろう」

書庫に向かう途中、緻密《ちみつ》な天井画に目を奪われる。そこに描かれている生物は爬虫類《はちゅうるい》の顔をしていて、背中には大きな翼、そして長い尻尾があった。

「あれは、翼のついたトカゲ？　いや、ドラゴンね！」

たまに遊んだファンタジーゲームで見たことのあるモンスター。迫力のあるドラゴンの全体像が天井一面に描かれていた。それに気を取られて、通りの角でドンッと何かにぶつかる。

「ぐぇ！」

顔への衝撃のせいで変な声が出た。

「おっと……、すまない。君、大丈夫かい？」

「あ、はい、ごめんなさい！」

ぶつかった人物の胸元からそっと見上げたところ、肩よりも長いサラサラな黒髪に、吸い込まれそうなサファイア色の切れ長の目で、スタイリッシュな軍服をまとった美形さんがいた。

「すまない。急いでいて気が付かなかった」

「いえ、わたしこそ、天井画に見とれて前を見ていなかったので……」

見上げていると、彼が驚きの表情に変わる。

「怪我をしているじゃないか！　本当にすまない！　傷が残らなければいいが……」

「えっ？」

焦《あせ》り気味の声が聞こえた瞬間、男性の顔がより近付く。彼の手が優しくわたしの前髪をかき上げて、額《ひたい》を露《あらわ》にした。

生美形さんとのあまりにも近すぎる距離に、わたしは心の中で悲鳴を上げる。彼はすごくキラキラしていて……超絶美形だ。

前世では男性との恋愛経験はほぼ皆無で、乙女ゲームの経験しかなかったわたしには、この状況に対応する術《すべ》はない。彼が真剣に私の顔を確認して長い沈黙が落ちる中、角からもう一人出てきた。

「ん？　先に書庫を出たくせに、こんなところで何をしているんだ？」

今度もイケメンさん。赤茶の髪に赤茶の瞳、見た目だけではなく声もイケメンだ。王子なんかよりも素敵な人が、ここに二人もいた。

「俺の不注意のせいで、彼女に怪我をさせてしまったんだ」

「どれ、本当だ。額《ひたい》が真っ赤だ」

長身の美形さんとイケメンさんの二人にマジマジと見つめられる。

（額《ひたい》が真っ赤？　あぁっ！　それはさっき、大庭園でひっくり返った時の傷だ）

「あ、あの、違います！　これは別の場所で出来た傷なので、美形さんのせいではありません！」

わたしの発言の後、再び沈黙が生まれた。

「び、美形さん？」

「ぷっ、お前のこと、美形さんだってさ！」

二人はそれぞれ驚きの顔と笑い顔になる。つい、うっかり〝美形さん〟と呼んでしまった。美形さんは眉間にシワを寄せて考え込む。そんな彼の背中をバンバンと叩き続けて笑うイケメンさん。

「わたしの不注意でぶつかってしまって、すみませんでした」

「いや、こちらも不注意だった。失礼をした」

急いでいる彼らをこれ以上引き止めてはいけないと思い、あえて二人の間に割って入る。

「それでは、人を待たせておりますので、これで失礼します。美形さんにイケメンさん」

微笑んでそう言うと、美形さんがまた言ったなとばかりの表情をした。

「君、俺の名は美形さんではなく、シーランだ」

「俺も、イケメンさんじゃないよ。リズと呼んでね」

「シーランさん。そして、リズさん。お二人の名前は覚えましたよ。わたしはシャルロットです」

軽くお辞儀をして彼らと別れる。少し進んだところで振り返り、彼らの背に向かってもう一度声をかけた。

「またね！　シーランさん！　リズさん！」

わたしの呼ぶ声に彼らも振り返って返事をくれる。

「お嬢さん！　またな！」

「シャルロットちゃん！　またねー」

イケメン達との別れを惜しみながら先へ進み、わたしは大庭園でメイドと落ち合った。

「シャルロット様、こちらが馬車の停留場になっております」

メイドの案内で着いた停留場には、まだ迎えの馬車は来ていなかった。

「ここでいいわ。案内をしてくれてありがとう」

「どういたしまして。シャルロット様、失礼いたします」

メイドは頭を下げて城の中へと戻っていく。彼女の姿が見えなくなると、わたしは窮屈《きゅうくつ》だったハイヒールを脱ぎ、壁に寄りかかって一息ついた。

「……ふぅっ、疲れた」

さっき出会ったシーランさんとリズさん、二人とも長身で素敵だったな。城に来たらまた会えるのかなぁ？　しばらく頭の中がお花畑だったわたしだけど、ふと明日の花嫁修業のことを思い出し、憂鬱《ゆううつ》になってしまう。

それになんだかこの世界、わたしの知っている乙女ゲームのシナリオとは随分違っている。もう王子に嫌われているし、婚約の時期だって違うみたいだ。

なにより不安なのは、わたしがわたしのままだということ、今までのシャルロットの記憶がない、ただの乙女ゲームが大好きなオタク高校生なんだけど……そんなので大丈夫？

もしかして……この乙女ゲームのような異世界でわたしは王子だけではなく、神様や女神様にも嫌われてるの？　いやー前世で何か悪いことでもしたのかなぁー？　トホホ。


しばらく放心状態でいると、ランタンに火を灯した馬車が近付いてきた。

停車した馬車から男の人が降り、わたしの方へ早足でやってきて頭を下げた。

「シャルロットお嬢様、お迎えに上がりました」

シャルロットが貴族だったことを実感する。とりあえず、家に帰れそうだ。わたしはお嬢様のように振る舞ってみる。

「ご苦労様」

彼の手を借り、馬車に乗り込むと屋敷への帰路についた。

★　☆　★

家に着き、わたしの帰りを待っていたメイドに食堂へ導かれ席に着くと、夕食が運ばれてきた。

笑い声が飛び交う賑やかな宴《うたげ》が始まる。

「そうか、そうか！　ははははーっ」

「ほほほっ」

わたし――シャルロットの両親は、王子との婚約を心から喜んでくれていた。高々と声を上げて笑う、ふくよかで優しそうな男性はシャルロットのお父さん。貿易商であり、爵位は公爵。

「こんなにめでたいことはない。あぁ、そうだ、確か七歳の頃だったか？　会合で王城へ出向いた私についてきたシャルロットが王子に見初《みそ》められ、気を良くして『わたし、王子のお嫁さんになってあげる』と言い出した時は焦《あせ》ったよ」

「そうね、そんなこともあったわね。お嫁さんになる夢が叶って本当によかったわ、シャルロット」

お父様の隣で話をする、黒のローブドレスが似合う綺麗な人は、シャルロットのお母さん。

長いテーブルに並んでいる婚約祝いの豪華な料理を眺めながら、ふと思う。

七歳の時にシャルロットが王子と出会ったのは、ゲームと同じだ。一体どこから話が変わってきたんだろう？　会合の内容も気になるけど今はまだ情報不足だし、なによりお料理が美味しそう。

とりあえず話を合わせて、笑顔で乗り切った。

夕食が終わり、席を立とうとした時、お母様に呼び止められ、そっと抱きしめられた。

「シャルロット。しっかり休んで、明日から始まる王城での花嫁修業を頑張るのですよ」

「はい、お母様」

お母様の濡《ぬ》れた瞳はわたしと同じエメラルド色。その見守るような優しい眼差《まなざ》しに、わたしの目も潤《うる》んだ。お母様の後ろには目頭を熱くしているお父様もいた。

ゲーム上では登場回数の少ないシャルロットのご両親だが、こんなにも温かい家族がいて、彼女はとても愛されているということを実感する。

「お母様、お父様、お休みなさい」

優しい二人を悲しませたくないなぁ……なんとか、この状況を変えられるといいな。考え事でボーッとしていると、名前を呼ばれる。

「シャルロットお嬢様？」

はっ！　と気付いたら、メイドのマリーが部屋の扉を開けて待っていた。

「ありがとう、マリー」

マリーは黒髪を後ろで纏《まと》めて、丈の長いメイド服を着ている。シャルロット専属のメイドで、見た目からして三十歳くらい？　多分、シャルロットの傍に長く寄り添ってきた存在だ。わたしのせいでシャルロットの家族関係が壊れるのだけは避けたいから、中身が変わっていることに気付かれたくない。

マリーの開けた扉の中は……シャルロットの部屋だ。天蓋《てんがい》付きベッドにクローゼット、本棚に机に暖炉《だんろ》。壁紙やカーテン、シーツなどは薄いブルーで統一された、お嬢様にしてはシンプルな部屋だった。クローゼット近くの姿見の前で、マリーにドレスを脱ぐのを手伝ってもらい部屋着になる。

その着替えが終わると、マリーは微笑んで手を前で組み、頭を下げた。

「シャルロットお嬢様、ラスター殿下との婚約おめでとうございます」

「ありがとう……マリー」

「私は隣の部屋にいますので、何かあったらお呼びください」

そう言うとマリーは下がっていった。この部屋に入る前、他のメイドもすれ違うたびに『シャルロットお嬢様、おめでとうございます』と声をかけてきたっけ。こんなにもシャルロットの婚約をみんな喜んでくれている。

でも、どうしてかはわからないけど、シャルロットは王子に嫌われていた。そうだ、その理由は何？　ヒントがないか部屋の中を探してみた。

「すごっ！」

真っ先に目に入ったのは三段の本棚を埋め尽くす、経済に貿易、国の歴史に礼儀、マナーの本。その中に一冊だけ背表紙が真っ白な本があった。

その真っ白な本を取り出してページをめくる。これ、シャルロットの日記だ。

当時七歳のシャルロットが書いたのか、王子との出会いから記《しる》されていた。

王子とは一ヶ月に一、二度会っていたのかな……庭園の薔薇《ばら》を一緒に見て歩いたとか、王子とお茶をしたとか、またある時には書庫で王子と一緒に本を読んだとか、王子と過ごした日々が楽しそうに書かれている。しかし、十一歳から内容が変わった。

——メイドのあの子とクレア様が一緒にいるところを見た。

——クレア様は私ではなく、メイドのあの子を選んだの？

——クレア様は私よりもあの子が好き！

——クレア様が私を見てくれない！

――クレア様に話しかけても、目を合わせてもらえず無視をされた。

――あの子に礼儀と作法のことで注意しただけなのに、クレア様に睨まれた、冷たくされた。あの子をいじめてもいないのに、周りからいじめたと言われた。

もう、クレア様の中に私はいなくなったの？　と涙で滲《にじ》んだ文字で記《しる》された次のページからは何も書かれていない。白紙が続く日記をめくっていると、最後のページに記述があった。

――八月十一日。クレア様と別れたあの日から約三年。ああ、なんてことなの、クレア様に王城へ呼ばれたわ。また、前のように私を呼んでくれるの？　愛《いと》しのクレア様に早く会いたい。

それが今日か……シャルロットは胸を躍らせて王子に会いに行ったんだ。そこで王子の心ない物言いにショックで心と体のバランスを崩し、椅子ごと倒れた拍子に転生したわたしと入れ替わってしまった？

やっぱり遊んでいた乙女ゲームのシナリオと異なっている？


城での花嫁修行が始まってから、早一週間が過ぎた。

相も変わらず王子はわたしのことを嫌っている。聞えよがしなため息に始まり、なんの捌《は》け口にされているのか、言葉の暴力でわたしを追い詰めるばかり。ゲームをしていた頃の王子に対するトキメキや恋心は、すっかり消え失せていた。

わたしは「王子が嫌い！　王子がわたしを嫌っている以上に大っ嫌い！」と、叫びまくりたい気持ちを押し殺し、これ以上怒らせまいと口答えせず、微笑みの仮面をつけ王子に対応していた。

そして、また一日が始まる。わたしの部屋の扉をノックする音がした。

「シャルロットお嬢様、お時間ですよ。起きてください」

毎朝、五時ちょうどにマリーに起こされて、呻《うめ》き声を上げながらベッドから這《は》いずり出る。

「うー、マリー……なんか変な夢を見ちゃって、あんまり眠れなかったよ。あー眠いー」

「それでしたら王城までの道中にお休みください。わたしもご一緒して、王城に着きましたら起こしますよ」

（……うっ、それは勘弁）

「だ、……大丈夫、大丈夫。行きの馬車の中で眠るから平気よ。それに城にはクレア王子が用意してくれた、わたし専属のメイドがいるから大丈夫よ……ね、ねっ」

本音はマリーに城についてきてもらいたい。でも、城でのことを彼女に知られるのはまずい。両親にも知られてしまうことになるから。

マリーは納得のいっていない顔で「専属ですか……」と呟きつつ、洗顔用の水が入ったボウルとタオルを用意してくれた。顔を洗ってマリーに髪を整えてもらい、ドレスに着替えて両親が待つ食堂へと向かう。

「おはよう、シャルロット」

「おはよう、よく寝られたかしら？　シャルロット」

「おはようございます。お父様、お母様」

わたしが毎日、元気に城へ花嫁修業に向かう姿を喜び、微笑む両親。

最近は馬車の中に枕を持ち込み寝ることを覚えた。今日は城に着いてすぐ、王子の執事セバスチャンに城の東側の大きな部屋へと連れていかれ、わけがわからぬまま待つ。

しばらくして「失礼します」と、数人のメイドが部屋に来るなり、着ていたドレスを素早く脱がされ、頭からつま先までメジャーで測られノートに記《しる》されていく。

（なっ、なに？　わたしの寸法を知ってどうするの？　あの王子がわたしに贈り物？　なんてするわけがない？）

若干パニックになりながら、されるままだ。測り終わると元のドレスを着せられ、メイド達が横に並び深々とわたしに頭を下げた。

「シャルロット様、ご協力ありがとうございました」

「ええ？　……お役に立てて何よりです」

これの説明はしてくれない……のね。

メイドは部屋の扉を開けて『用は済みました、お帰りください』と言わんばかりに、わたしを部屋の外に追い出した。

扉のすぐ近くには王子の専属執事セバスチャンが待っていて、部屋を出たわたしを見るなり、彼も深々と頭を下げる。

「シャルロット様、ありがとうございました。クレア王子は体調がすぐれないとのことで、今日はお会いにならないそうです」

「そうですか、わかりました」

セバスチャンも今のは何かを説明するつもりはないようね。王子は……まあ、仮病だろうな。

「それでは明日の予定ですが……今週末に開催される舞踏会に向けてのダンスレッスンとなっております」

ダンスレッスン？　そうか……今週末の八月二十三日は王子の誕生日だ。その日に舞踏会を開き、正式な婚約発表をするのかな？　前世では王子の誕生日に、有名店のケーキを奮発《ふんぱつ》して買ったり、王子のイラストを前に一人で誕生会をしたりしていた。今はそんなこと考えられないや。

王子の仮病で時間が出来たので、中央の池に咲くロータスの花を眺める。すると何か揉《も》めているのか、近くの扉から男性達の怒鳴り声が聞こえてきた。

あそこは……応接間だったかな？

「何故、陛下はこれをわが家へ送ってこられたのか！　あなたはお忘れか？　三年前、私の娘にした仕打ちを！」

「いや、忘れてはおらぬが、クレアがどうしても王都外の娘も集めたいと聞き分けがないのでな……」

「不快に思うのは私だけではないはずだ！　王族は亜人族を差別し、隔離《かくり》した。私の娘を見て、あなたの御子息は『化け物』だと罵《ののし》ったのですよ！　それを、それを忘れたとでも言うのか！」

（化け物？）

わたしは部屋から漏《も》れる会話に耳を傾ける。

「私の妻はエルフだ！　娘にもその血は流れているが、少しばかり人族と違った特徴を持つだけで、至って普通の女の子なのです。あの出来事から引きこもってしまった娘が、三年の歳月を経《へ》てようやく笑みを見せるようになった矢先に、この心ない招待状を送りつけるとは。これを見た娘は泣き崩れて、また部屋から出てこなくなってしまった！」

続けて嘆きの声と、何かものを投げつけた音が響いた。

「トーリス伯爵、あなたの気持ちはよくわかる。それは私の娘も同じだ。王子は婚約者候補だった私の娘の尻尾を鷲掴《わしづか》みにし、『獣ごときが僕の婚約者などと戯言《ざれごと》を！』と、おっしゃったと聞いております。私達はデュック公爵にしか頭を下げない！」

（今、微かにお父様の名前が聞こえたわ）

「国王陛下、お忘れですか？　五十年前の大干ばつの時。前王は何をなされた？」

「知らぬ。そんなことは……生まれておらぬから、わしは知らぬ」

「では、お教えしましょう。王城の外の門には、亜人の血を持つ者を通さない魔法がかけられております。私達は毎年の会合や税金を納めるために許可を貰っていますから通れますが、王都外の亜人やその血を受け継ぐ者は門をくぐれません」

「それはそうだろう、王都にはまがい者は入れぬ。そういう決まりだしな」

（まがい者？）

「あなた達王族や王都内の者は亜人を嫌い、大干ばつが起き食べ物のなくなった年には私達を見捨てた。それを助けてくださったのが竜人の国の前国王様と王妃様、そして公《おおやけ》にはなっておりませんがデュック公爵のお爺《じい》様だと聞いております」

「それがどうした？　わしには関係ない、来たくないのなら、クレアの誕生会には来なくてもよい。話は終わったか？　わしは疲れたからもう戻る、お前達も帰れ。セバス、此奴《こやつ》らを追い出せ！」

「なんてお人だ……」

「お前達はわしに金を納めておれば良い、お前達もそれを望んだのであろう？」

「ええ、今後一切私達には関わらないでいただきたい！」

「わかった、さっさと帰れ！　亜人どもが！」

応接間の扉が開き、わたしはとっさに柱の陰に隠れた。扉からは黒い背広を着た貴族っぽい男性が二人と、少し前に出会ったシーランさんが出てくる。

部屋を出て扉を閉めると、男性二人はシーランさんに頭を下げた。

「すみません、シーラン様。少々気が昂《たか》ぶってしまいました」

「私もです」

「仕方ありませんよ、大切なお嬢様達の話ですから。税を納める代わりにラスター国との交流はしないと話をつけているにも拘《かかわ》らず、急に舞踏会の招待状を送り付けるだなんて、国王陛下も何を考えているのかわかりませんね」

（舞踏会の招待状？）

貴族の方なら、王城で開かれる舞踏会に娘の婚約者を探しに行きたいのでは？　でも、彼らの話はその真逆だ。

それにおじ様達はシーランさんをシーラン様と呼んだ。そうか、この前に会ったイケメンさんと彼は貴族なんだね。あんなに素敵な人達がなぜ乙女ゲームの攻略対象になっていないのだろう？

クレア王子よりも彼らの方が人気キャラになりそうなのにね。

「今日は同席いただきましてありがとうございました。シーラン様」

「俺は大したことはしていない。それよりもトーリス伯爵にはお世話になっていますから」

「いいえ、建物の管理は私がしていますが、あの建物はデュック公爵のお爺《じい》様がお建てになったものなんです。もし王都外で困った者がいたら屋敷を貸してやってくれと、大干ばつ後にあちこちに家を建ててくださったと、祖母から聞いております」

（また、我が家の話だわ）

「そう、だったのですね……デュック公爵には頭が下がる思いです」

「ええ、あの方がいてこその王都外なんです。私達は早々にここを出ます。シーラン様はどうなされますか？」

「俺は用事がありますので、お気を付けてお戻りください」

「では、私達は失礼いたします」

おじ様達は再び深々と頭を下げて去った。シーランさんは池を眺めながら考え事をしているのか、眉間にシワを寄せる。

「いいですよ、出てきても。いるのでしょう？　シャルロットお嬢さん」

ギクッ……バレていた。わたしはそろーっと柱の陰から出てお辞儀をする。

「ご機嫌よう……シーランさん」

「こんにちは、シャルロットお嬢さん」

声のトーンも少し低いし、どこか機嫌が悪そうだ。これ以上気分を害してはいけない……かな。

「シーランさん、わたしは急用を思い出しましたので、これで失礼しますわ」

「そうか……それでは俺も行くとしよう」

軽く会釈《えしゃく》を交わして去っていく彼の背中を眺めて、わたしはふと思い立ち声をかけた。

「ここに……」

「ここ？」

こちらを振り向いたシーランさんに見えるように、自分の眉間を人差し指で指す。

「今日のシーランさんは、ここにシワが寄っていますわよ。せっかくの美形が台無しですわ！」

その言葉に彼は苦笑いを浮かべる。

「君はどうして俺を美形などと言うんだ？」

「あら、だって本当のことですもの。またね、シーランさん」

今度はわたしが彼に背を向けて歩き出した。その背中に今度は彼が声をかけてくる。

「またな、シャルロットお嬢さん」

またな……か、その言葉が嬉しくて振り向き、手を振ってその場を離れた。

彼にはまた会いたいし、会える気がしている。

だって、二度あることは三度あると言うものね。

その日の夕食の後は、自室のテーブルでダンスに関する本を読んでいた。

はー、難しい！　ダンスなんて無理ゲーだよ……と思いながらも、ほぼ徹夜で、姿見の前で動きを練習したのだ。そして王城への移動中に眠り、城の馬車の停留場に着くと、セバスチャンがわたしを迎えにきていた。

「おはようございます、シャルロット様。クレア王子は既にダンスホールにて、シャルロット様のご到着をお待ちです」

「……わかりました、参りましょう」

セバスチャンの案内でダンスホールに着く。ここもスチルとは違い、金がふんだんに使われていて豪華だ。その中央で待っていた王子に挨拶《あいさつ》をすると、盛大なため息をつかれた。どうやら、今日も王子はご機嫌斜めのようだ。

「シャルロット嬢、来るのが遅い！　さっさと始めて、さっさと終わらすぞ」

「かしこまりました」

わたし達の他に誰もいないダンスホールの中央で、音もなしに淡々と始まったダンスの練習。

ダンスのテンポが少しでも遅れると、王子は文句をズケズケと言ってくる。

「違う！　そこはこうだ！」

「シャルロット嬢、違う、何度やらせる気だ！」

怒鳴られ、強引なリードをされたせいで、バランスを崩してかかとの部分で王子の足を踏んだ。

王子は痛みに顔を歪《ゆが》め、ホールドを強引に解く。と、わたしは勢いよく膝を床に打ちつけた。

「いっ……」

擦《す》り剥《む》いた膝の痛みで顔をしかめるけど、それを見ても王子の口から謝罪の言葉はない。

「お前が悪い！　お前が上手くならねば俺が恥をかく！」

わたしは王子に反発することもなく、スカートを摘《つま》み上げ深々と一礼した。王子にはその態度すら気に入らなかったのだろう。

「ちっ、もうよい！　これで終わりにする！」

「ありがとうございました、ラスター殿下」

王子は執事を連れて、振り返ることなくダンスホールを後にした。それを見届けてすぐに、近くの壁に寄りかかりヒールを脱いだ。

「……いてて」

昨日からヒールを履いて練習をしたせいで、足の豆が潰れそう。

王子にはイラッとするけど、破滅回避のためには歯向かわないのが正解だろう。ダンスレッスンも終わったし、自由時間がやって来た。

誰にも見つからない、西側の小庭園へ移動する。その日当たりのいい場所で、わたしは胸元にしまっておいたクッキーを手に取って口に放り込み、芝生《しばふ》の上に転がった。

「気持ちいい！」

日向《ひなた》ぼっこと芝生《しばふ》のベッドを満喫《まんきつ》してから、いつものように書庫へ行く。この一週間、王子に散々放置されたわたしは一人での過ごし方を覚えていたのだ。

書庫の観音開き《かんのんびら》きの扉は重く、両手を添え、さらに体重をかけて押し開いた。ちょっとだけ開いた隙間から中に入る。

すると、木の香りと古い本の匂いが交ざった、なんとも言えない神秘的な空気感と光景に酔いしれた。書庫はかなり広く、スーパーマーケットのフロアくらいありそうで、二階建ての壁全面に本棚が並び、そこへ書籍がぎっしりと詰め込まれている。

床一面、大理石が敷き詰められ、中央のカウンターテーブルには、書籍の管理者らしき人がポツンと椅子に腰かけていた。

「今日は眼鏡さんか。この人がよくいるな」

上下黒のスーツ風で、中は白いシャツにループタイを締め、黒縁眼鏡をかけた彼は一見、若いサラリーマンだ。わたしは、心の中で彼のことを〝眼鏡さん〟と名付けていた。

彼はわたしが書庫に来ると、チラッとこちらを見るだけで何も言わずに仕事に戻る。「私に声をかけるな」とばかりのオーラが半端《はんぱ》ない。

彼を横目に、わたしは自由気ままに書庫の中を歩く。二階に上《のぼ》ったり近くの彫刻を触ったり、大きな地球儀っぽいものを見たりして、馬車が来るまでの時間を潰す。

今日は何をしようかと、奥の本棚に向かったところ、黒や茶色の本の中に、厚さが十センチもありそうな真っ赤な本を見つけた。

「厚っ！」

時間潰しにうってつけの本を見つけて、思わず声を上げてしまい、眼鏡さんに机をトントンと叩かれた。なんとか本棚から出したはいいが、これを近くの机まで運ぶのは重くて無理。眼鏡さんは管理席にいるから、滅多に奥までは来ない、となれば！　わたしは床に寝転がり本を開いた。

(……う、難しくて読めない)

表書きや序文は飛ばしてペラペラと何枚かめくり、見開きのページに魔法陣とモンスターの絵を見つけた。……これ、スライム？　液体がドロッと溶けた感じだ。こっちの魔法陣はなんだろう？と指で魔法陣に触れると、ざらざらとした紙の質感の直後……

えっ⁉　魔法陣が光ったぁ⁉

(なっ……何これ？)

ブニョン、ブニョン、プルプルネバーッと、光の中に映し出されたスライムらしきものが動く。

こっ、この動き……

「……ぷっ、はははっ、なにこれヤバイ！」

スライムの奇妙な踊りに声を抑えることが出来ず笑い転げ、本棚の角で弁慶《べんけい》の泣き所を打った。

「……くぅ、いててっ、はははっ……」

涙目になりながらもスライムを見る。そうしてまた笑いつつ魔法陣に触れると光が消え、同時にスライムも消えた。

「あっ、わたしのスライムが！」

もう一度魔法陣に触ると、プルプル、ブニョン、ブニョンとスライムが現れる。そうか、わかった！　魔法陣に触れると現れたり消えたりするのね。

そうして大理石の床で笑い転げていると、今までの嫌なことがすべて吹っ飛んだ。

プルプル、プルプル……ネバーーッ！

「やだっ、この動き！　ははは、面白い、最高！」

「ふっ……それはよかったですね……で、シャルロット様は一体、何がそんなに最高なのですか？」

「見てよ。このスライムがね……って」

眼鏡さん！　腕を組んで眼鏡を光らせる彼が、床に寝転ぶわたしを見下ろしていた。怒られると思い慌てて起きようとしたけれど、今日はダンス用ドレスを着ていたので素早く起き上がれない。

とりあえず謝ろうと、寝転んだまま顔の前で手を合わせた。

「うるさくしてごめんなさい。この図鑑が面白いの……」

「そうですか……それは、なんの図鑑ですか？」

眼鏡さんはわたしの見ている図鑑に興味を示した様子だ。

「書かれている文字が読めないから、なんの図鑑かはわかりませんが……この魔法陣の中のスライムの動きが……ふふっ」

指を指してプルプル揺れるスライムを見せた。眼鏡さんはしばらく黙り、スーッと人差し指で眼鏡を上げると首を傾げる。

「動いているんですか？　私には魔法陣にルーン文字と、スライムの静止画にしか見えません」

「ええっー！　こんなにもぷるぷる動いているのにー？」

驚いて今日一番の大声が出た。

「うるさいですよ、シャルロット様。先程から貴女の笑い声が書庫中に響いております。あと、本棚に脛《すね》をぶつけていましたね……ふふっ、楽しそうで何よりですが……ここは書庫ですのでお静かにしてください」

「……はーい、すみません」

でも今、眼鏡さんが笑ったわ。眼鏡の奥の琥珀色《こはくいろ》の目が細められたもの。

わたしが立てないのがわかったのか、眼鏡さんが「どうぞ」と手を差し伸べてくる。その手に手を重ねると、流石《さすが》は男性だ、わたしを軽々と立たせてくれた。

「では、私がこの図鑑を机まで運びますので、そちらでお読みください」

「わかりました、眼鏡さん」

「……眼鏡？」

ついそう呼んでしまった……眼鏡さんはまずかったかな。でも、一つ言い訳をするならば、わたしは彼の名前を知らない。知らない人は呼べないわけで……ごにょごにょとそんな言い訳をしながら眼鏡さんの後についていくと、彼は本棚から近い机に図鑑を開いて置いてくれた。

「どうぞシャルロット様。それと一つよろしいでしょうか？　私のことはこれから眼鏡ではなく、セーリオとお呼びください」

名前を言い、眼鏡を光らせ頭を下げたセーリオさん。

「セーリオさんですね。わかりました、これからはそう呼びます」

「いいえ、シャルロット様。さんはつけずに、私のことはセーリオと呼び捨てで構いません」

呼び捨て……メイドのマリーは仕方がなくそう呼んでいるものの、自分よりも年上の人を呼び捨てなんて。前のシャルロットはお嬢様だから普通に呼べるだろうけど、わたしには無理な話だ。

「嫌です。わたしはセーリオさんとお呼びしますわ」

意思が固いわたしの瞳を見て諦めたのか、彼は渋々と頷いた。

「仕方ありませんね……まあ、私としても眼鏡と呼ばれるよりはいいでしょう。しかしシャルロット様、さんづけで呼ぶのは書庫の中だけで、外では呼ばないようにお気を付けてください」

「はい、わかりました」

セーリオさんはわたしを席に着かせた後に書庫の仕事に戻るかと思ったのだけど、図鑑が気になるのか覗き込んでいた。

「図鑑が気になりますか？」

「はい、書かれているルーン文字は読めましたが、魔法陣に浮かび上がるスライムの映像は見えませんでしたから……」

どうしてかな？　あっ、もしかして魔法陣を自分で触らないとスライムが現れないとか？

「でしたら、セーリオさん。ここに描かれている魔法陣に触れてみてください。そうすると魔法陣が光って現れますよ」

「では、失礼して」

しかし、セーリオさんが触れても、魔法陣は光らなかった。次にわたしが触れると魔法陣は光り、プルプルブニョンブニョンとスライムの映像が映し出される。どういう仕組み？　この図鑑は何に反応しているの？　それに、セーリオさんが腕組みしたまま黙っちゃった……怒ったのかな？　しばらく図鑑を見ていた彼の目が細められた。

「これは面白い図鑑ですね。私は城に来たばかりでまだ書庫の本は全部知りませんでした。シャルロット様、ありがとうございます、楽しみが増えました」

よかったー、セーリオさん喜んでくれたみたい。あの王子だったら「なんで、お前だけに見えるんだ！」とか言っていただろう。

図鑑と、書庫管理の優しいセーリオさんのおかげで、城に来る楽しみが増えた。その日はさらに、丸いフォルムのスライムと戯《たわむ》れる夢を見て、幸せな気分が倍になった。

「お嬢様、起きる時間ですよ」

いつものようにマリーに起こされた。

今日はラスター国の歴史について学ぶと聞いている。しかし、その肝心な勉強が出来るか出来ないかは、王子の機嫌次第だ。出来なければ書庫に行けばいいのだけど。

食堂で両親と一緒に朝食を取った後、馬車に乗り込み城へと向かった。

馬車の停留場に着くと、そこで待っていたセバスチャンが馬車から降りるわたしに頭を下げる。

「おはようございます。シャルロット様。本日、ラスター国の歴史について勉強の予定でしたが、クレア様は、お一人で勉強されたいとおっしゃっておりまして」

「……そうですか、わかりました。いつもありがとう、セバスチャン」

ゲームでラスター国の大体のことは知ってはいるけど、生で聞ける歴史には興味があった。とはいえ、王子が一緒に勉強をするのを拒《こば》むのだもの……仕方がない、諦めよう。王子のご機嫌を損ねてしまうのは、わたし的にもよろしくない。わたしには書庫が待っている。

書庫に向かう途中、綺麗に咲くロータスの花を眺め、もう少し進んだところにあるドラゴンの天井画で足を止めた。

「天井に描かれたドラゴンの絵を眺めてたら、ここでシーランさんとぶつかったのよね」

今日も会えるかと期待したけれど、残念ながら彼には会えなかった。

書庫の重い扉を開けるコツがわかってきたため、すんなり扉を開けると、そこにはセーリオさんがいる。

「おはよう！　セーリオさん」

「おはようございます。シャルロット様」

書庫に来る時間が早いせいか、わたしを見るセーリオさんはやや困惑していた。

「セーリオさん、大陸の広域地図と、あの図鑑をお願いします！」

「大陸の広域地図ですね、かしこまりました。図鑑の方は少々お待ちください」

「図鑑は貸し出し中でした？」

「すみません。図鑑は今、わたくしが調べ物をしておりまして。地図をお出ししますので、そちらをご覧になっていていただけますか？　すぐお渡しします」

カウンターテーブルの上には、開かれた図鑑とノート、メモがある。

セーリオさんは右側の本棚から地図を出すと、机に広げてくれた。わたしは地図を眺めて指差して確認していく。

「このドラーゴ大陸の真ん中がラスター国で、その北は岩や洞窟が多いレザール国、南は暖かい気候のファータ国、西は森や自然が豊かなティーガー国、東はフォレスタ国ね」

ゲーム上ではラスター国以外の国名は出てこなかったし、交易の話もそれほど詳しくは出てこなかった。そのあたりは今度お父様に聞けばいいとして、破滅回避のため、改めてヒロインのイベントや行動を思い出す。

ゲームは主に学園が舞台として進んでいく。入学式での王子との出会いから始まり、学園祭、文化祭、春・夏・冬休みのイベント。王城では、書庫のイベント、王子の誕生会、舞踏会に晩餐会《ばんさんかい》、王都での買い物イベント。そしてシャルロットと婚約破棄をするイベントが終わると、最後は結婚式を挙げ、王子とヒロインは国王と王妃になる。

そこまで思い出したところでセーリオさんがやってきた。

「どうぞ、お待たせいたしました。この図鑑、なかなか興味深いですね」

「ありがとう。ふふ、セーリオさんもこの図鑑の虜《とりこ》になっちゃいましたね」

セーリオさんに図鑑と地図を交換してもらう。わたしは図鑑を広げて魔法陣に触れ、スライムの映像を映し出す。

ぷるるるんー、びしゃーっ、ぷにぷに、と相変わらず奇怪にうごめくスライムに大笑い。帰りの馬車が迎えに来るまで、図鑑のスライムに楽しませてもらった。

次の日。王城に着いてすぐ、王子が呼んでいると言われたので大庭園に出向くと、パラソル付きのテーブルに機嫌の悪い王子がいた。彼はわたしを見て声を上げる。

「おい、貴様！　俺が必死に勉強をしている間、貴様は馬鹿笑いか！　いいご身分だな」

いきなり何を言い出したの？　と思ったけど……笑ったといえば書庫でのことか……

しかし、それは「一人で勉強をしたい」と言った王子にも責任があると思う。そう言われなければ、わたしだって大人しく勉強をしていた。待ち時間に書庫でスライムを愛《め》でていたっていいじゃない。わたしの唯一の楽しみをとらないでよ。と、心の中で文句を言う。

「何か不満でもあるのか！」

「いいえ、何もありませんわ」

わたしは王子に深く頭を下げた。やはり気に入らないのか、顔を赤くして王子は声を荒らげる。

「貴様は、いますぐ屋敷に帰れ！」

帰れと言われても……どうやって？　ムカつく。帰れるものならとっくに帰っている。でも、婚約を喜ぶ両親には言えないし、深く追及されても困る。破滅を回避するためにも、これ以上、王子を怒らせるわけにはいかず、もう一度深く頭を下げて大庭園を後にした。

帰りの馬車が来るまでの時間、西側にある小庭園で過ごそうと移動する。大庭園の三分の一の大きさの庭園で、整えられた芝生《しばふ》や白いムクゲの花々が太陽の光を浴びて生き生きしていた。日当たりもよくお昼寝に最適な場所だ。誰もいないのを確かめて、広い芝生《しばふ》の上にゴロンと寝転ぶ。

「ああー、どうせ転生するなら、お嬢様ではなく普通の子に生まれ変わりたかった」

文句を言いながらゴロゴロ、ゴロゴロ、最後に仰向《あおむ》けで大の字になった。

わたしはご飯さえしっかり食べられればそれでいい。挨拶《あいさつ》も返してくれず、いつも不機嫌な王子なんていらない。

まったく、わたしが何をしたってのよ！

それに自分で言うのもなんだけど、シャルロットってかなりの美人だ。さらさらなシルバーのロングヘアーに、二重で切れ長なエメラルド色の目。こんなに綺麗な子が好きだと言っていたんだから、王子ももうちょっと優しくてもいいよね。

まーでも、今の中身はわたしだから、王子のことはもう無理だし、完璧な残念美人だけど……

そんなことを考えつつ、気を取り直すみたいに声を上げる。

「あーっ、芝生《しばふ》の上ってなんて気持ちいいの！」

真っ青な空に入道雲。夏なのにそこまで暑くなく過ごしやすい。小庭園には誰も来ないだろうから、ここでお昼寝でもしようかなー。

そう思っていたら、男の声が聞こえてくる。

「シンラ、ここでジャガイモの皮剥《む》きをしてくれ！」

「はい、わかりました」

ジャガイモ？　皮剥《む》き？　扉の開く音がして、たくさんジャガイモが入ったカゴを抱えて出てきた男の子とバッチリ目が合った。

へー、そこの木製の扉って、城の調理場に繋《つな》がっていたんだ。知らなかった。あの男の子に「シャルロット様が芝生《しばふ》の上で、お行儀悪く寝転んでました」って、告げ口をされたらどうしよう。そうしたら王子の耳に入り、ここにもいられなくなるかもしれない。

「ふー、よいしょっと」

しかし、その男の子は何事もなかったかのようにカゴを土の上に置き、調理場から小さな木の椅子を持ってきて、ジャガイモを剥《む》き始めた。

あの子、わたしを見なかったことにしてくれた？　だったら、このまま寝転んでいてもいいか……わたしは改めて寝転んで空を見上げた。

この青空の向こうはもしかすると、元いた世界に繋《つな》がっている？　……なーんてね。あの世界に帰ることは叶わないと、充分すぎるほどわかってる。でも、わたしはあの楽しかった日々を、元の世界を忘れられられない。

青空を見上げたまま、うとうと眠りに落ちかけていたわたしに声が降ってきた。

「君はさっきから芝生《しばふ》の上に寝ているけど……どこか気分が悪いの？」

（……気分が悪い？）

瞑《つぶ》っていた目を開けて視界に飛び込んできたのは、夏の日差しに焼けたらしき褐色《かっしょく》の肌。太陽の光をキラキラ反射する短くカットされた黒髪、そして綺麗な切れ長のサファイア色の目だった。

ジャガイモ剥《む》きを始めた男の子だ。私が動かないから気になったのだろう。

「心配は無用ですわ。ただのお昼寝なので、気にしないで作業を続けてください」

「そう？　……それならいいんだけど、どこか辛かったら早く言えよ。医務室に連れていくから」

「ありがとう。では、あなたに一つお願いがあるわ。ここでわたしがお昼寝をしていたことを、誰にも言わないでくださいね」

「わかったよ、シャルロットお嬢さん」

「……お嬢さん？」

わたしの名前を知っていて、様をつけるでもなく、お嬢様とも呼ばなかった。どうして？

男の子を見上げると、彼はしまった！　と言わんばかりの表情を浮かべていた。眉間にシワを寄せて口元をワナワナ震わせ、顔の血の気はサァーッと引いていく。

「シャ……？」

しゃ？

「シャルロット様……ご無礼をしました。すみません。すみません！　クビにしないでください」

男の子が必死に頭を下げた。

「ちょっと待って、こんなことでクビになんてしないわ。それに、そんな権限ないもの」

「そうなの？　よかった……気難しい方だと聞いてたけど、違うんですね」

わたしが気難しい？

「それは、誰から聞いたのかしら？」

「いや、その……すみません」

「謝らなくていいの、その方に聞きたいことがあるのよ」

そこにシャルロットが王子に嫌われた理由がありそうだから。

「先輩なんですけど……もうすぐ休憩に入ると思うから、ここに呼んできます！」

男の子は先輩を呼びに調理場へ入っていった。しばらく調理場裏の扉の前で待ったものの、男の子はなかなか帰ってこない。このままではわたしのせいであの子が、『仕事をサボった』と怒られない？

わたしは剥《む》きかけのジャガイモに手を伸ばした。

おっ、これは！　小型のナイフはわたしの手にピッタリでちょうど良いし、ジャガイモの皮が薄く剥《む》けて楽しいー！　カゴにはまだたくさん入っているから、少しでも進めておけばあの子も喜んでくれるだろう。

そうしてしばらく皮を剥《む》いていたら、ガチャッと調理場裏の扉が開く音が聞こえて、男の子と先輩らしき人が顔を出す。

「あら、ご機嫌よう。ジャガイモ剥《む》きって案外楽しいのね！」

二人は出てくるなり、わたしを見て驚きで目を丸くした。

「あっ、あーっ……シャルロット様、何をやってんだよー！」

「暇だったので、ジャガイモ剥《む》きをさせていただきました。どうですか、わたしの腕前は？」

剥《む》き終わったばかりのジャガイモを手にして、男の子に見せる。

「これ……シャルロット様が剥《む》いたんだよな。上手いな、って、シャルロット様の綺麗な手が泥だらけだー」

なぜか二人とも「シャルロット様の手が汚れた」と、顔を青ざめさせた。

「ジャガイモの皮を剥《む》いたのだもの。手が汚れたのなら洗えばいいだけよ」

「まったく、君はお嬢様だろう！　ほら、シャルロット様はナイフをジャガイモの上に置いて！」

いきなり声を荒らげた男の子に言われた通りに、ナイフをジャガイモの上に置く。すると、彼は椅子に座るわたしの手を掴み、強引に立たせようとした。

「ほら立って、シャルロット様。手を洗いに井戸へ行くぞ」

「あっ、ダメよ。いきなり引っ張ると裾を踏んでしまう……きゃっ……！」

案の定スカートの裾を踏んでバランスを崩して転び、手を引っ張った男の子をむぎゅっと押し倒した。

「いてて……あ、ごめんなさい。今すぐにどくから待ってて」

そうは言ったけど、胸の辺りがもぞもぞこそばゆい。胸元を見るとわたしの胸が男の子の顔の上にのっていた。男の子も自分の状況に気が付き慌てるから、余計に胸に触れる。

「やっ、動かないでー！」

「わぁ！　すまん！」

「んっ……だから、そこで喋っちゃいやー！」

わたしと男の子の変なやりとりが続く。

「お、おい、シンラ……落ち着けって……ふふっ……まったく、何を面白いことやってんだよ。ははっ」

先輩らしき人の笑い声が聞こえて、彼がわたしの腕を持ち体を引き上げてくれた。離れてすぐに見えたのは、困惑して耳まで真っ赤になった男の子の顔。

「ごめん！」

「ごめんなさい！」

わたしと男の子は二人同時に声を上げて驚き、顔を見合わせて笑った。

「シャルロット様、手を洗いに行こう、パスト先輩はちょっと待ってて」

手を掴まれて今度は転ぶことなく近くの井戸に行き、手を洗い調理場の裏に戻る。先輩は椅子に座りジャガイモを剥《む》いていたけれど、わたし達が戻ってきたのを見ると手を止めた。

「何が聞きたいんだ？　シャルロット様」

先輩と呼ばれた男の人は、横が刈り上げられた、赤茶けた短髪の少年だ。彼の人懐っこい目がわたしを見上げた。

「はっきり聞くわ。わたしはラスター殿下に嫌われているの……ただ、それに関する記憶が曖昧《あいまい》で……気難しいわたしが殿下に何をしたか知らない？」

わたしの質問に、二人とも驚きの表情を見せる。

「シャルロット様が気難しいって、よくメイドから聞いていたが……今は、俺はそう思わない」

「えっ？」

「前までは噂《うわさ》を信じていたけど、年配のメイドの話を聞いてから、シャルロット様が可哀相でならないよ。聞いても後悔しない？」

「しないわ、教えて！」

先輩は「わかった」と言って、調理場の中からわたしにと椅子を持ってきてくれた。自分は芝生《しばふ》の上に座り、男の子はジャガイモを剥《む》きに戻る。

先輩は本当にわたしに関する噂《うわさ》について詳しく知っていて、色々と教えてくれた。

「十一歳の時に、王子の婚約者はシャルロット様とほぼ決まっていたらしいんだけど……なぜか国王が国中の爵位が高い貴族のお嬢様を婚約者候補として城に呼ぶと言い出したんだって」

陛下が？　シャルロットにほとんど決まっていたのにどうして？

「それで毎晩、城で舞踏会や晩餐会《ばんさんかい》が約半年も催《もよお》されたと聞いた。その半年後、再びシャルロット様に決まったという話が出たが、その半年の間にクレア王子には好きな人が出来たんだとか」

「殿下の好きな人って誰か、わかりますか？」

「確かメイド見習いとして来ていた、名前は……モフカという子だったかなぁ？」

えっ、モフカ？　モフカって……このゲームのヒロインの名前なんだけど……なんで十一歳の時に城へメイドとして来ていたの？　彼女が王子と知り合うのは学園に入ってからのはず。

この話が本当ならば王子とヒロインは既に出会い、ヒロインは王子を落としたと考えられる。王子の頭はヒロインでいっぱいのお花畑かー、だったらシャルロットが嫌われているのも納得だわ。

先輩の話では、王子は婚約者候補達よりもモフカをひいきして、結果モフカがいじめられることになったのだとか。それで彼は彼女を守ろうとしたが、当のモフカがメイドを辞めて男爵家に戻った。それに腹を立てた王子は婚約者候補達を呼び、誰がやったか聞いたそうだ。候補の令嬢達は誰もが『自分がやったのではない』と言い、『シャルロット様に指示された』とシャルロットに罪を押し付けた。

そのせいでシャルロットは、身に覚えのないことで王子に罵《ののし》られた。

『貴様、よくも俺の大事な人をいじめてくれたな！』

怒りに任せ詰め寄る王子に、シャルロットは背筋を伸ばし、公爵令嬢らしく答えたそうだ。

『私はメイドとして王城に来ているあの子に、ここでの礼儀を教えていたまでです。いじめてなどおりませんわ』

『嘘をつくな！　貴様の顔など見たくもない！　帰れ!!』

王子の心は既に、モフカに移っていた。

「その話を聞いた年配のメイドも、モフカって子に相当困らされてたんだって。フラグ、イベントとか意味のわからないことは言うし、仕事は出来ないのに口だけは達者だし、仕事中にふらっとどこかに行っちまうってぼやいていたよ」

周囲への態度や物言いこそ厳しかったけれど、シャルロットがモフカに指摘していたことも、普通の礼儀作法だったのだとか。

王子に散々文句を言われたシャルロットは、立ち去る彼の背中へ静かに呟いたらしい。

「『あの人の心の中に……私はもういないのですね』だってさぁ」

しかし、その後、陛下が婚約者をシャルロットに決めようとしたが、それを王子は認めず、シャルロットとの婚約の話は宙ぶらりんになる。シャルロットはそのせいで他の貴族と婚約も出来ず、三年も放置され、今年になってようやく正式に決まったそうだ。

やはり日記に書いてあった通り、シャルロットは三年も待たされた。

でも、やっと正式な婚約者となったお茶会での王子の言葉で、シャルロットの心は完全に砕け散ってしまったんだ。……すべてはお花畑王子のせいだ。傷付いた今世のシャルロットは、もう戻ってくることはないかもしれない。

「でもさ、シャルロット様は大変だね。王子に酷いことを言われて、その記憶も忘れるほど傷付いたのに、結局は婚約者にされたんだもんな」

「貴族とはそういうものなのですよ。おかげで状況が理解出来ました。ありがとうございます」

お礼を言うと先輩さんは笑い、手をポンと叩く。

「さてと、暗い話はこれで終わり！　ここからは楽しい話をしよう、シャルロット様、シンラも来いよ！」

その後は男の子も加わりみんなで雑談をした。二人はシンラ君とパストさんと言って、王都より南に位置する町から仕事をしに来ているんだとか。住んでいる町にある美味《おい》しいパン屋さんの話などを、落ち込んだわたしを元気づけるかのように笑いつつ話してくれた。

話の最中に調理場裏の木製の扉が開く。美味《おい》しそうな料理の匂いと共に、高いコック帽を被りコック服を着たガッチリ体形のお兄さんが出てきて、シンラ君とパストさんの二人を見て声を上げた。

「パストとシンラはいつまで外でサボってんだ？　心配するから、何かあった時は報告しろと、いつも言っているだろう」

「すみません、コッホ料理長！」

二人を連れて調理場の中に入ろうとする料理長さん。ああ、わたしのせいで怒られてしまう。

「あの、わたしが彼らをサボらせました。ごめんなさい！」

椅子から立ち上がり頭を下げると、わたしを見た料理長さんは驚いていた。

「シャ、シャルロット様がどうしてここに？　……パスト、シンラ、二人でシャルロット様のおもてなしをして差し上げなさい」

そう言った料理長さんは調理場に引き返し、すぐに戻ってくる。その手にはたくさんのお菓子が入ったカゴがあった。

「シャルロット様、大したものではありませんがお食べください……何ボーッとしてんだ、お前らはテーブルと椅子を持ってこい！」

パストさんとシンラ君は調理場の中に行き、丸いテーブルを持ち出して小庭園の木陰に置いた。料理長さんは紅茶セットを持ってきてパストさんに渡す。テキパキとシンラ君とパストさんがお茶会の準備をしている。その様子を見ながら、わたしはウキウキしていた。

準備が終わると、二人と楽しいお茶会の始まりだ。

パストさんは十五歳、シンラ君は十四歳。好きな本、好きな異性のタイプ……楽しくお喋りして、お茶会の時間はすぐに過ぎてしまった。

そうして帰りの馬車の中で、楽しく優しい二人との出会いに感謝をした。

★　☆　★

この日はダンスホールで生演奏に合わせ、金の刺繍《ししゅう》が入った煌《きら》びやかな軍服を身につけた王子と舞踏会のダンス練習。踊りながらわたしは背中に寒気を感じていた。

それもそのはず、王子がご機嫌で……気味が悪い。

今朝、馬車の停留場に着いた時点で、いつもなら「王子はシャルロット様には会いたくないとおっしゃっております」しか言わないセバスチャンのセリフが違った。

『王子がダンスホールで、シャルロット様をお待ちしております』

しかもダンスホールで王子に挨拶《あいさつ》をしたら、彼は和《なご》やかに挨拶《あいさつ》を返して微笑み、その笑みを湛《たた》えたままわたしに手を出したのだ。

「さあ、シャルロット嬢。ダンスの練習を始めよう」

王子とホールドを組むと、ダンスホールの隅で待機していた楽団の生演奏が始まる。

王子がわたしとダンスを踊り微笑んでいる。なんて不気味なの。誰が王子をこんなにも上機嫌にしたの？

最後のステップを踏み、生演奏が止まる。王子は胸に手を当て、わたしはスカートの端を待ち、互いに会釈《えしゃく》を交わしダンスは終わった。

「シャルロット嬢、普通に踊れるではないか」

「よかったですわ。ラスター殿下に迷惑をかけないように、たくさん練習をいたしました」

今、王子と踊って気付いた。この人、毎回毎回、ステップのところで足を出して、わざと足を踏ませていたんだ。

「なあ聞いてくれ、シャルロット嬢。もうすぐ俺の誕生日なんだ」

「はい、そのように伺っております」

「でな、前に俺は父上の願いを聞いてシャルロット嬢と婚約をした。今度は父上に俺が願いを叶えてもらう番だと話したら、なんと誕生日を祝う舞踏会に、王都外に住む、俺と同じ年齢の男爵令嬢を招待してくれたんだ」

その令嬢とはきっとモフカだろう。それで王子はご機嫌なんだ。そんなことを婚約者のわたしに言うのはどうかと思うけど……今日も頭の中のお花畑が満開らしい。

「……それは、よかったですね」

「ああ、あの子に下手なダンスを見せるわけにはいかない。シャルロット嬢、もう一度最初から踊るぞ！」

「……はい、かしこまりました」

生演奏が始まりダンスが再開した。今度の舞踏会にヒロインが来る。王子はその舞踏会で、シャルロットと婚約破棄をするのかな？

「――シャルロット嬢、シャルロット嬢。聞いているのか？」

王子の声にハッと顔を上げると、生演奏は終わっていた。

「失礼しました、ラスター殿下」

「まあいい、今日は許す。ダンスは終わりにして次に行くぞ」

ホールドを組んでいた手を離して、王子はわたしの手首を掴んだ。

彼はわたしを連れて城を早足に歩き、一つの部屋の前で足を止め、自ら扉を開いた。

その部屋はシャンデリアと絨毯《じゅうたん》に少しの家具しかない殺風景な部屋。入ってすぐ目につく位置に椅子が一つ、窓側を向いて置かれていた。

部屋の中に王子付きのメイドが四人。一人が奥の扉の前に立ち、残りの三人は横に並んで入り口に立っている。

「シャルロット嬢はそこの椅子に座って、しばらく待っていてくれ」

それだけ伝え、王子は部屋奥の扉の中に消えていった。言われた通り椅子に座り待つと、王子の「開けてくれ」と声がして、奥の扉が開く。

(はぁ？　えっ、これは何？)

さっきとは違う軍服を着た王子が出てきた。これはまさか、王子の誕生会に着る衣装決めのためのファッションショー!?

わたしの前でターンを決めた王子が、何か言えとしきりに目で訴えかけてくる……はは。

「お似合いです、ラスター殿下」

「ははは、そうであろう」

王子は満面の笑みを浮かべて、次から次へと衣装を変える。そのたびに奥の扉前に立つメイドが扉を開けたり閉めたりして、入り口付近のメイド達は王子を褒《ほ》めちぎった。

メイドの言う通り、殿下は素敵だと思うよ。でも顔とスタイルはよくても、頭の中はお花畑で、もう手遅れだ。

その後、「待っていろ」と言った王子はセバスチャンを連れて、奥の部屋へと再び消えていった。

わたしとメイド達を残して静かになる一室。王子が消えると、メイド達がわたしの背中を睨みつけてくる。これ以上の面倒事は嫌なので、それを無視して座っていた。

「シャルロット様はいいですわよね。お父様が多額のお金を国に寄付されたおかげで、半《なか》ば強引にクレア殿下の婚約者になれたのですものね」

一人のメイドが口火を切ると他のメイドも続く。

「セーロス様ったら。ふふっ、本当のことを言ってはダメですわ」

「でも、羨《うらや》ましいわ。わたくしもクレア殿下の婚約者として選ばれたかった」

羨《うらや》ましいのなら代わってあげるよ、このファッションショーだって、誕生会に来るモフカへ見せる衣装を決めるためだよ？　でも、無視、無視。王子の相手だけでも疲れるんだから。

メイドとはいえ、行儀見習い中のお嬢様達にはその態度がカチンときたのだろう。

「まあ、無視をなさるの？　何か言ったらどうなのよ、格下は相手にしない、そう言いたいのかしら？」

このキツめの口調……ゲームではシャルロットの取り巻きの子だ。

このメイド達は多分、婚約者候補に選ばれた時に、王子にあることないこと告げ口してシャルロットをいじめの犯人にした子達だろう。うるさい彼女達だけど、王子が出てくると静かになった。

「シャルロット嬢、これに決めたよ」

「そうですか、お似合いですわ」

って……その衣装は今朝ダンスの時に着ていた軍服ですよね……？　なんて時間の無駄でしょう。

これで終わりかと思いきや。

「じゃあ、次はシャルロット嬢の番だ。セバス、用意をしろ」

「はい、かしこまりました」

奥の部屋の扉が開き、中からたくさんのドレスをかけたラックが運ばれてきた。

「シャルロット様、こちらにいらしてください」

（嫌なんだけどー）

しかし、入り口にはメイドが立っているし、前には王子とセバスチャン……わたしは走りにくいドレス姿。これでは逃げられないな……諦めて椅子を立つと、代わりに王子が座った。

セバスチャンがテキパキと人を呼び、衝立《ついたて》に、姿見にと設置していく。準備が出来たその衝立《ついたて》の裏で、オレンジ色のドレスを着せられた。

「クレア殿下、お召し物が整いました」

「わかった。シャルロット嬢、こっちに来い」

用意された姿見の前で、王子がチェックを始めた。

「うーん。少し違うな、次を用意しろ」

何度か着せ替えをさせられて気付く。これ……サイズは合うけどわたし用のドレスじゃないのよね？　だって、どれもわたしには似合わないデザインばかりだもの。

あーっ、そうか……わかった。前にメイド達が計った寸法って、モフカのドレスを作るためだったのか、彼女は城に呼べないから……はあ、嫌な奴。

「よし、これにする」

王子が選んだのは赤い花や白い花がちりばめられ、レースをふんだんに使った女の子らしい薄ピンクのドレス。さぞモフカに似合うだろう。

王子も満足したのか、うんうん頷いている。

「やはり、シャルロット嬢よりも、あの子の方が似合うだろうな」

散々人をこき使って最後に悪口ですか……ご苦労様やありがとう、お疲れ様なんて労《ねぎら》いの言葉はないのですね。

「後はメイドと髪型のセットやアクセサリーを決めるだけだから、帰っても良いぞ」

だってさぁ。どうやら着せ替え人形は用済みになったようだ。さっさと着替えて会釈《えしゃく》をし、部屋を出ようとすると呼び止められた。

「一つだけ言うことがあった、わかっているなシャルロット嬢。これと同じ色のドレスは絶対に着て来るなよ」

「ええ、重々承知しております。では、ラスター殿下、ご機嫌よう」

(――はぁ、疲れた)

溜息をつきつつ、今日も迎えの馬車が来るまでの間、調理場を覗きに行くことにした。

「シンラ君、ご機嫌よう！」

調理場の裏で皮剥《む》き中の彼に声をかけると、シンラ君が手を止めて顔を上げる。

「また来たのかよ。シャルロット様はお嬢様なのに、野菜の皮剥《む》きなんて面白いのか？」

書庫で笑っていたことをとがめられてからは、こちらで時間を潰すようになった。そのせいか、シンラ君の言葉遣いも堅苦しさが抜けてきた。

「うん、面白い！　わたしもやりたい！　シンラ君、お願い！」

「ダメだ！　これは僕の仕事だからな。口を尖らせてもダメなものはダメだ！」

「……わかった」

彼が持ってきた椅子に座り、しばらく作業を眺めていたら「グゥウウッ……」と、大きな音を立ててお腹が鳴る。

グゥウウッ……ッ。

続けざまにもう一回鳴った。今日はよく動いたから腹ペコだ。そうだ、家を出る前にマリーから貰ったクッキーがあった。天気もいいし小庭園の芝生《しばふ》で日向《ひなた》ぼっこをしながら食べよっと！

「シンラ君。また後で来るね」

「……お、おい、ちょっと待って」

シンラ君は眉間にシワを寄せて乱暴に立ち上がり、わたしの手首を握って止めた。

「どうしたの？　シンラ君？」

「今、でっかいお腹の音が聞こえたんだけど……まさか手に待ってるそれが昼飯とか言わないよな」

彼は、わたしが胸元から出したクッキーの入った紙包みを指差す。

「ん？　これはオヤツだよ」

「本当に？」

見つめられて、シンラ君の真っすぐな瞳から目を逸らした。それで納得したのか彼が大きなため息をつく。

「はぁー……マジか……シャルロット様、それしまって、早くしまえ！」

きつめのシンラ君の迫力に負けて、彼の言う通りクッキーをしまった。

「よし、しまったな。ほら行くぞ」

シンラ君は調理場の裏の扉を開け、わたしを連れて中に入っていく。お昼の準備中なのだろう、調理場では多くのコックが慌ただしく働いていた。

その中をシンラ君に手を引かれたわたしが進んでいくから、みんなは驚く。

「ちょっと待ってよ、シンラ君！」

「待たない！」

「シンラ君、ダメだって、みんなの仕事の邪魔をしてるよ」

呼んでも振り向かずにどんどん奥に進むシンラ君。目的の人物を見つけたのか、その人を呼んだ。

「コッホ料理長！」

お昼の忙しい時間帯に厨房《ちゅうぼう》の中心で一際忙しく働くコッホ料理長さんは、少しご機嫌が悪いようだ。

「なんだ！　シンラと……えっ……シャルロット様？　何をやってんだ、シンラ！」

作っていた料理を他の人に任せて、コッホ料理長さんがわたし達の近くに来る。

「ここにシャルロット様を連れてきてはダメだろう」

「だってさ、聞いてくれよ。シャルロット様がお腹を空《す》かせてるんだ。僕の前で『グゥウウッ』って腹の音を鳴らしたんだよ。それにお昼ご飯がクッキーだけなんだ！」

「はぁー？　クッキーだけだと？　シャルロット様がお腹を空《す》かせてるって本当か？」

コッホ料理長とシンラ君の大きな声が調理場に響く。わたしがお腹を空《す》かせてるとか言うなんて……恥ずかしい！　お腹は空《す》いているけど……これじゃ、わたしが何も食べさせてもらえていない子みたいじゃない。

「シンラ君やめてよ……『グゥウウッ』……あっ！　ああー！」

こんな時に鳴らないで！　お腹を押さえながら、わたしは恥ずかしさのあまり真っ赤になった。

それなのにシンラ君はわたしを指指す。

「なっ、本当だろう！」

「そうみたいだな……どういうことだ？」

そこで二人して真剣な顔にならないで。わたしはこれ以上何も言わせない！　とシンラ君の口を両手で押さえた。

「んん……！」

そうして揉《も》み合っていると、コッホ料理長が声をかけてくる。

「シャルロット様、落ち着いてください。……私達が食べている賄《まかな》いでもよろしいですか？」

「いいの？」

力が抜けた途端に、シンラ君に両手首を掴まれた。

「いいも何も、ここでは遠慮をしなくていいんだよ」

「ははっ、そうだな。シンラ、お前がシャルロット様に用意してやれ。ついでに皿洗いをしてるパストも呼んできて一緒に食べなさい」

シンラ君はコッホ料理長に頷き、皿洗い場にいるパストさんを呼びに行った。

「シャルロット様、調理場の裏口近くのテーブルでおかけになってお待ちくださいますか。他の者も食事に来ますが、気にせずに召し上がってください」

わたしはコッホ料理長から言われた通りに調理場の裏口近くへ行く。そこにはみんなで食事が取れる、使い込まれた大きな木のテーブルがあった。

「シャルロット様、ほらっ、ご飯を持ってきたぞ」

「ありがとう、シンラ君」

シンラ君が白い豆がたくさん入ったスープ皿と、蒸したジャガイモが二つ載った皿を置く。

「こんにちは、シャルロット様。大きなお腹の音が皿洗い場まで聞こえてきたよ」

「あはは……ご機嫌よう、パストさん」

シンラ君はわたしの横に座り、パストさんは向かいに座った。スープのいい香りに我慢できず、スプーンで豆も一緒にすくって口に運んだ。

「このスープとお豆、美味《おい》しい！」

一気にお腹の中がほっこりした。シンラ君とパストさんはこちらを見て微笑んだ。シンラ君が自分のスプーンで、豆をすくってみせてくれた。

「美味《うま》いだろう、この豆はひよこ豆って言うんだよ。王都の外の村や町の畑でたくさん採れるんだ」

「ひよこ豆？」

「そっ、ひよこ豆。ほら、シャルロット様。僕のをあげるから、いっぱい食べるといいよ」

シンラ君はたくさんのひよこ豆をわたしのお皿に移した。パストさんは蒸したジャガイモをスプーンですくい、スープに浸《ひた》す。

「こうやって付け合わせのジャガイモを、スープにつけて食べても美味《おい》しいよ」

パストさんの見様見真似で、ジャガイモをスープに浸《ひた》して食べた。

「んんんっ！　ジャガイモにスープがしみ込んで美味《おい》しいわー」

「そうだろう！」

「僕、スープのお代わりをしてくる」

「わたしもお代わり！」

そんな風に二人と会話と食事を楽しんでいたら調理場裏の扉が開き、わたしと同い歳くらいのメイド姿の女の子達が四人やって来た。

「おー、来たか、お昼が出来てるぞ、食べていけー」

「「はーい」」

テーブルに座るわたしを見つけて、女の子達は固まってしまう。

「あ、あの、お邪魔しています」

声をかけたら、メイドの子達は気まずそうな顔になった。あれかな？『なんでうちらの憩《いこ》いの場に、性格の悪いシャルロットがいるのよ、ご飯が不味《まず》くなっちゃう』的な？ここは立ち去ったほうがいいかな？　なんて考えていたところで、一人のメイドが元気良く手を挙げた。

「はい、はい、シャ、シャルロット様……ぴっ、ひよこ豆のスープはどうですか？」

焦《あせ》りながらわたしに聞いたのは、黒い髪のおさげが可愛い女の子だ。わたしは微笑んで答えた。

「すごく美味《おい》しい。もっとお代わりしたいくらい！」

「本当ですか！」

その子はわたしを真っすぐに見て、嬉しそうに笑ってくれる。

「ああ、本当だ。シャルロット様ったら、僕のひよこ豆を全部食べたんだよ」

「えっ、そんなことはないわ。シンラ君がもっと食べろって、自分からわたしのお皿に入れたんじゃない！」

わたしが唇を尖らせると、パストさんが口を挟んできた。

「でも、こんなことを言うのはお嬢様に対して失礼かもしれないけど……最近ちょっと痩《や》せたんじゃないか？」

うんうんと、シンラ君も頷いてる！

「……えーっと、それは、あれよ。もうすぐラスター殿下の誕生日の舞踏会が近いから、ドレスをちょっとでも綺麗に見せるためにダイエットをしているのよ」

「へぇー、そうなんだー」

「ふーん」

二人とも信じていないいな……わたし的にはドレスが少し緩くなって、面倒なコルセットがいらなくなったから、ラッキーとしか思っていなかったのに。

ちゃんと食べろと、ジャガイモを一つずつ、シンラ君とパストさんからお皿に追加される。それを見ていた女の子達もみんな、食べてくださいと載せて、わたしのお皿は山盛りになった。

お昼休憩が終わりみんなは仕事に戻っていく。わたしはというと心も体も温かくなって、シンラ君が外で野菜の皮剥《む》きの仕事をする側で、日向《ひなた》ぼっことお昼寝をしていた。

「おーい！　シャルロット様、そろそろ帰る時間だよ。お迎えの人が来るぞ！」

「……えっ、やだ、もう少し待ってー」

「待たないよ……後は屋敷へ帰って風呂に入って、ちゃんとベッドで寝なよ」

「いやぁー、まだ寝る……」

「まったく。起きないと、こうだぞ！」

「いったぁー、シンラ君酷い！」

起きるのを嫌がっていたらシンラ君に軽くデコピンをされる。おでこに両手を当てて起きると、彼はサファイアの目を細めて、すぐ近くで意地悪く笑っていた。体に男物のジャケットがかけてある……シンラ君のかな？

「どう、目が覚めたか？」

「もう、覚めたよ。ジャケットありがとう、わたし帰るね」

「おう、またな！」

ジャケットをシンラ君に返して、馬車に乗り一時間半ほど揺られながら、楽しかった今日の出来事を思い出していたのだった。

★　☆　★

シャルロット様を見送りしばらくして野菜の皮剥《む》きの仕事を始めると、馬車が一台城から出ていった。それと同時に調理場の扉が開き、中からパストさんが出てきて、俺の前の椅子を見る。

「シンラ、シャルロット様は帰ったの？」

「あぁ。随分駄々をこねてから帰っていったよ」

「そうか、あの子らしいな。しかしすごいお腹の音だったそうだな」

「ははは、そうだな。可愛かった」

「腹の音が、可愛いか……？」

「うん」

赤くなった頬、俺の口を慌てて押さえた彼女の表情と手。すべてにおいて可愛いかった。一方で、そんな可愛いシャルロットを放置するクレア王子は許せない。

毎日、城に呼ばれるだけで、食事はおろか、まともな花嫁修業の一つもさせてもらっていないんだな。

文句は色々とあるだろうに、何も言わずに笑う彼女。

俺の中にふつふつと怒りが込み上げてくる。彼女を傷付けるあの王子だけは許さない。

決めた！　俺の手で彼女をあんな王子から助ける。

「なぁ、パストさん」

「ん？　どうした、シンラ？」

パストさんは俺が何も言わずとも察したのか、しばらくしてから頷いた。

「いいんだな……彼女が俺達を見て、どうなるかわからないんだぞ？」

「……覚悟はしてる」

「そうか……仕方ないな。可愛い弟の一目惚れだものな……帰って準備をしよう」

「ありがとう、兄上」

そうして俺達は皮を剥《む》き終わった野菜が入ったカゴを持って、調理場に戻った。

★　☆　★

夕食後、今日はよく動いて汗をかいたから、ホットタオルで体を拭くだけではなく、マリーにお風呂の準備をしてもらっている。お湯が溜まるまでの時間、わたしは部屋のテーブルで、シャルロットに代わり日記をつけていた。ほとんど王子の悪口ばかりだったけど、今日は調理場で会ったメイド達のことを書いている。その時、部屋の扉がコンコンと鳴った。

「お嬢様、お風呂の準備が整いました」

「ありがとう。マリー」

マリーが用意してくれた着替えを持って部屋の近くにあるお風呂に向かう。猫足のバスタブ、鏡にお気に入りのラベンダーの石鹸《せっけん》が置いてある、わたし専用のお風呂だ。脱衣所でマリーにドレスを脱ぐのを手伝ってもらい、裸になるとすぐ猫足バスタブに浸《つ》かった。

「あー、気持ちいい」

今日は王子に散々振り回された。ダンスにファッションショー……あれもこれもぜーんぶヒロインのため。振り回されるこっちの身にもなってほしいよ。

「シャルロットお嬢様、お背中と髪を洗いますか？」

「大丈夫、今日は自分でやるわ。一時間で出るから、マリーは部屋で休んでて」

「かしこまりました」

バスタブから出て鏡に映る自分の体を見た。シンラ君達に痩《や》せたと言われたけど……正直わかんない。

「痩《や》せたといえば、少し痩《や》せたかな？」

体と髪をラベンダー石鹸《せっけん》で洗い、もう一度バスタブにゆっくり浸《つ》かった。浴室から出るとマリーがタイミング良くタオルを持ってくる。

「ねえ、マリーは気が付いていた？」

わたしの突拍子もない質問に、優しく体を拭きながらマリーは答えた。

「……もしかして、お嬢様がお痩《や》せになったことでございましょうか？」

「……うん」

「気付いておりました。毎日お嬢様を見ていますからね。ドレスが緩くなられましたし、頬も少しほっそりされました」

マリーは髪をタオルで乾かし終えると、櫛《くし》で丁寧にとかし始める。

「シャルロットお嬢様、私にお任せください」

「マリーに任せる？」

「はい、どうか任せるとおっしゃってください」

「わかった、マリーに任せるね」

「かしこまりました、シャルロットお嬢様」

マリーは微笑み、頭を深く下げた。

次の日の朝、馬車に乗る前にマリーからバスケットを持たされた。馬車に揺られながらバスケットの蓋《ふた》を開けて中身を見ると、そこにはたくさんのクロワッサンとジャムが入っていた。よし、頑張るぞ！


――家を出た時はそう思っていたわたしだけど……

（……あっ、ああ、これは無理、頑張れないよ）

お花畑王子め！　王城に着くや否《いな》や、セバスチャンに初めて見るピンクの部屋へと連れてこられたわたしは、モフカが明日着る一式を着せられた。今は姿見の前で最終チェック中。殿下とメイドが髪型やアクセサリーを見ている。

昨日と同様、これだけのために呼ばれたのか……

昨日も思ったけど、なんて子どもじみた真似をするのだろう。いくら俺を好きでも、お前には興味がないとでも言いたいのかな？　わたしももう王子には興味ないのに……

王子は満足したのか、お決まりの言葉を口にした。

「シャルロット嬢、それを脱いだら帰っていいぞ」

「……はい、そうさせていただきます」

元のドレスを着せてもらい、部屋を後にする。そうだ、調理場に行く前に、隠したバスケットを取ってこなくっちゃ。乱れた髪を直しながら、馬車の停留場に向かった。

バスケットを回収して、調理場で昨日知り合ったメイド達と楽しく昼食と会話をしていると、初めて見るメイドが調理場の裏から入っててる。

「あー、疲れる。王子の誕生会が明日だから、いつもの倍は掃除させられてるよ」

どかっとわたしの隣に座った彼女は、こちらを見て固まった。

「ご機嫌よう、お邪魔しております」

挨拶《あいさつ》をした途端、ガタッと机に膝を打ち、倒れそうになってしまう。

「ミイ先輩。落ち着いて」

「うん、落ち着いてはいる。でも、なんでシャルロット様が調理場にいるの？　王族達が使う食堂があるでしょう？」

「王族が使う食堂？」

「えっ、まさかシャルロット様は知らないの？」

わたしが頷くとミイ先輩と呼ばれた彼女はまた驚いた。メイド達は口々に、王族は冷たいと言い合う。そこに大皿を持ってやって来たコッホ料理長が口を挟む。

「おいおい、ここではいいが……お前ら外でそれを言うなよ、大変な目にあうぞ」

みんなは「わかってるよ」と頷いた。

「それならいい、これはオマケだ。しっかりと食べて午後も働けよ、シャルロット様も召し上がってください」

お礼を言って手を伸ばす。それは厚焼き卵が挟まれたサンドイッチだった。メイドのみんなも喜んで手を伸ばした。

「おい、シンラ、パストも休め。お前らもちゃんと食べてから動け！」

明日の舞踏会の準備で二人とも忙しいみたい。二人が昼食をとりに席についたのを見て、わたしもバスケットを出した。開くと、みんなが中身を見て声を上げる。

「「クロワッサンだぁ！」」

その後、取り合いになったことは言うまでもない。


みんなとの楽しいお昼ご飯を終えて、わたしはるんるんとお城の中を陽気に歩いていた。

先ほど会ったメイドのミイ先輩は、なんとお城の中を掃除するメイドだった。そのミイ先輩に頼んでメイド服を一着借りたのだ。

今のわたしはどこからどう見てもメイドさん……のはず。どうしてメイド姿になったかと言うと、これなら書庫に行っても誰にも見咎《みとが》められないだろうから。書庫で図鑑のスライムに会いたいし、セーリオさんに何も言わずに書庫へ行かなくなったので、彼にも会いたいなって思っていたんだ。

書庫の木の扉を開け中に入ると、仕事机から顔を上げたセーリオさんが眼鏡を人差し指で直し、こちらを睨んでくる。彼は「何故、掃除が終わっているのに、メイドがここにやって来たのですか？」と言わんばかりの表情だ。そんな彼に会釈《えしゃく》をした。

「ご機嫌よう、セーリオさん」

「はい？　えっ……その声はまさかシャルロット様？」

「はい、正解でーす」

セーリオさんは驚きの表情で立ち上がり、ずれた眼鏡を直す。

「どうして今日は……そのような格好をされているのですか？」

「あら、あなたもご存知でしょう？　わたしとラスター殿下の噂《うわさ》。先日、ここで図鑑を見て笑っていたのを殿下に見つかって、来られなくなってしまったの」

「あの時の件ですか。シャルロット様がお帰りになった後に殿下が書庫に来られましたが……あの方は本を乱暴に扱うので困ります、たかが書庫で笑ったくらいで……器の大きさが知れますね。おっと失礼しました」

セーリオさんは王子に対して毒を吐いた。

「だから今日はメイドの服を借りてきました。一度着てみたかったので、嬉しくて仕方がありませんけど」

「シャルロット様のメイド服、お似合いですよ」

「そう？　ありがとう。では、セーリオさん、図鑑を出してください」

「かしこまりました。座ってお待ちください」

そう伝えると、セーリオさんは奥の本棚へ図鑑を取りに行き、テーブルにスライムのページを開いて置いてくれる。

「そうだ、セーリオさんはスライムの映像が見えるようになりました？」

セーリオさんは「いいえ」と首を横に振った。

「あれから色々と試しましたが……私では魔法陣に触れても駄目なようです。あの、シャルロット様に一つお願いがあるのですが、よろしいですか？」

「ええ、わたしに出来ることであればいいですよ」

セーリオさんは図鑑を開き、あるページで手を止める。そこにはダンディなおじ様の肖像画が描かれていた。威厳や風格を感じさせ、何やら只者《ただもの》ではない感じがする。

「このページの魔法陣に触れていただきたいのですが、よろしいですか？」

「はい、わかりました」

あれ、このダンディなおじ様、頭に角がある？　背中には翼、お尻にはゴツい尻尾。王冠を被りマント付きの仕立てがよさそうな服を着ていた。

魔法陣に触れた途端に、赤い光を放ちその人物が現れる。

「セーリオさん、見えていますか？」

「いいえ、見えません。ああ、彼の方《かた》が見えない……」

落ち込む様子のセーリオさんに、わたしは声をかけられずにいた。彼はしばらく腕を組んで考える仕草をする。沈黙が続いていた中、ハッとセーリオさんが顔を上げた。

「もしかして……私の考えが正しければ、こうすると見えるかもしれない」

セーリオさんは独り言のように呟き、いつもつけている眼鏡を取る。彼の琥珀色《こはくいろ》の瞳がキラリと光った。そうして図鑑の魔法陣を見て徐々に開かれる彼の目。わたしはその姿を、側で息を呑んで見守った。彼の琥珀色《こはくいろ》の瞳が涙に濡《ぬ》れる。

「おおっ、私にも見えます。シャルロット様のおっしゃっていた意味がようやくわかりました。この目でレークス様を見られる日が来るとは……」

レークス様、と図鑑の中の人の名前を呼んだセーリオさんの体が、歓喜に震えている。彼は胸に手を当て、魔法陣に映された人物に頭を下げた。そんな彼の様子を見て、しばらくそっとしてあげたいと感じる。

「セーリオさん、そのままご覧になっていてください。わたしは奥の本棚を見ていますので」

「シャルロット様、すみません。ありがとうございます」

「お礼はいいですよ。好きなだけ見てね」

わたしは書庫の奥にある地球儀っぽいものを見に行こうとした。すると、セーリオさんが何か思い出したかのように話しかけてくる。

「そうだ、シャルロット様に一言。奥にあるこの世界を描いた球体模型は、いくら触っても回せませんからね」

「えっ、そうなの？」

「はい、無理に回そうとしたら壊れますよ。年代物なので弁償となるとかなりの額になります」

「そっ、そっか、わかりました」

なぜだろう……セーリオさんにはわたしがしようとしていたことがバレていた。

地球儀っぽいものは諦めて奥の階段を上り、二階の本棚を見るも、読めそうな本がないので早々に諦める。しかし、メイド服って動きやすい。みんなに『シャルロット』だとわからないのもいい。

返す時、ミイ先輩にこのメイド服を貰えないか聞いてみよう。

「シャルロット様、ありがとうございました。次はシャルロット様の番です」

下からセーリオさんに呼ばれて、手すりから一階を覗いた。

「もう、いいの？」

「はい、堪能《たんのう》させていただきました」

わたしは階段を下りてセーリオさんのもとへと向かった。彼はいつもの冷静な様子に戻っていて、眼鏡の奥に見える瞳も落ち着いて見える。わたしは魔法陣を触り、おじ様を消してスライムのページをめくった。

「さあ、スライムよ。出てきなさーい！」

ブルブル、ビヨヨーンと動くスライム……これだ、これを待っていたんだ、わたしの癒《いや》し。スライムを見始めてもセーリオさんは側を離れず、わたしへ何か言いたそうに立っていた。

「シャルロット様は先程の私の行動や、私の瞳を見てなんとも思いませんでしたか？」

(セーリオさんの瞳？)

「いつもと変わらない琥珀《こはく》色《いろ》の瞳だったけど、あっ、眼鏡を取ったところは初めて見たかな？」

あと、セーリオさんもかなりのイケメンだった。

彼は「えっ」と驚き、眼鏡の奥の目が大きくなる。

「琥珀色《こはくいろ》？　シャルロット様には私の瞳の色は琥珀色《こはくいろ》に見えるのですか？　姿自体はどう見えていますか？」

「……真面目なサラリーマン？」

「サラリーマン？」

あっ、こちらの世界にない単語が口から出ちゃった。

「えーっと、黒髪に黒のスーツ姿のお兄さんです」

「……そうですか。瞳だけがそう見えたのですか……シャルロット様、この件は……」

「大丈夫、誰にも言いませんよ？　誰しも言いたくないことや、言われたくないことがあるものね」

わたしにだって、セーリオさんに言えないことがあるもの。転生者だってこととか、この世界が乙女ゲームに似た世界だってこととかね。

「ありがとうございます。もしよかったら、また先ほどの方の映像を見せていただけないでしょうか？」

「構いませんけど、なんなら今、もう一度見ますか？」

「いいえ、今日は大丈夫です。今度は私の知り合いの方を呼んでもよろしいですか？」

「いいですよ。あっ、その方にも、わたしがメイドの姿のまま現れても驚かないように伝えておいてください」

「かしこまりました」

そうして、その日は散々メイド服をセーリオさんに褒《ほ》めてもらい、満足したわたしは書庫を後にした。

★　☆　★

遂に、王子の誕生を祝う舞踏会当日がやってきた。開催は夕方からということで、今日のお昼過ぎに屋敷を出発すると、お父様が朝食の席で言っていた。

軽く摘《つま》める昼食を部屋に持ち込み、舞踏会の準備を始める。下着にコルセット姿でドレッサーの前に座ると、マリーは気合を入れてわたしの髪を結《ゆ》い上げ後ろに流し、そこに小さな花のヘッドドレスをつけた。

ドレスは薄いグリーンに黄色の花と白い花をちりばめたものを着て、最後に姿見でチェックをして終了。

「マリー、ありがとう。行ってくるね」

「はい、シャルロットお嬢様。お気を付けて行ってらっしゃいませ」

本当はマリーにもわたしの侍女として舞踏会について来てもらいたかったのだけど、王子が『こちらで侍女を用意する』と、両親に通達したらしい。それは嘘だとわたしは思う。わたしを嫌いな王子が侍女なんて用意するわけがない。

出発の時間になったので部屋を出て、両親が待つエントランスへと急いだ。

「シャルロット、そのドレスがクレア王子の贈り物なの？」

「ええ、そうですわ、お母様」

わたしはお母様に微笑んで頷いた。実際はこのドレス……昨夜遅くにお父様が持ってきたものだ。

お父様の話では、なんでもわたしに贈るドレスが舞踏会に間に合わないと、王子から昨日連絡が来たのだとか。そこでお父様が急遽《きゅうきょ》既製品を用意して、それをマリーがわたしに合うように手直しした。お父様には、ショックを受けるかもしれないからお母様には内緒にしてくれと言われている。

「シャルロットにとても似合っていますよ」

落ち着いた黒のローブドレスのお母様に褒《ほ》めていただいた。その後ろから、ドスドスと小走りでこちらに来るお父様。お父様も執事は連れていなかった。

「よし、集まったな。では王城に出向くとしようか？」

何やらお父様は三十センチくらいの木箱を抱えている。その木箱の中身が王子へのプレゼント？従者の方に手伝ってもらい、先に乗り込んだお母様の隣にわたしも座る。最後に乗ってきたお父様は馬車に乗ってもその木箱を手放さず、大事そうに抱えていた。

屋敷を出発して馬車は畑道を通り抜け、王都の正門をくぐり、城までの整えられた石畳の道を進んだ。王城の門番の騎士に挨拶《あいさつ》をして、城の中の馬車の停留場に着くと、わたし達に続いて一台の馬車が停留場の奥に停まる。

その馬車の出入り口には、王子専属執事のセバスチャンが立った。まさか……と思い見ていると、セバスチャンにエスコートされてピンクのふわふわ髪の女の子が馬車から降りる姿が見えた。

（ヒロインのモフカだー！　さすがヒロイン、可愛い）

彼女は何もせずに家を出てきたみたいで、髪はセットされておらず、薄い黄色の質素なドレスを着ている。今からあのピンクの部屋で王子が選んだドレスへと着替えるのだろう。お父様はセバスチャンを知っているかも。王子の専属執事だし……この状況を両親に見られてはいけない。わたしはいち早く馬車の入り口に止まり、願う。

その子を連れて早く行って！　セバスチャン……と。

「シャルロット、何をしているの？　早く降りなさい」

「はい、お母様」

セバスチャンに案内をされたヒロインは、城の中へと消えていく。それを見送り、わたしは従者に手を借りて馬車から降り、続いてお父様とお母様も降りた。

「私達は先に行っているよ、シャルロットはクレア王子がエスコートをするのだろう？」

わたしが頷くのを見て、木箱を抱えたお父様はお母様をエスコートしながら城に入っていく。……よかった。一緒に王子のところまで行こうと言われていたら、困っていた。

ホッと一息ついて、わたしは城の中へと歩みを進める。城内はまるで宝石箱をひっくり返したような世界だ。昼間は金ピカにしか見えないけど、夜は違って見えた。

たくさんの黄金のシャンデリアにはロウソクが灯り、天井画や壁画、彫刻がオレンジ色に染まっている。大理石の廊下に、白や赤、ピンクといった薔薇《ばら》の花びらが撒《ま》かれて、甘い香りが漂《ただよ》っていた。

（この花びらが舞踏会会場への道案内か……可愛い）

甘い薔薇《ばら》の香りを楽しみ、絵画や彫刻を鑑賞しつつ廊下を歩いていく。左端に金の装飾の扉があって、その扉の前には騎士が二人並んで立っていた。あれが王の間ね。

招待状には確か……舞踏会会場の入り口で名前を告げると書いてあった。だったらあの騎士に自分の名前を伝えるのね。そして名前を呼ばれたら貴族達がいる舞踏会の会場へと入る……でも、一人で？

もし、このまま一人で舞踏会の会場に入れば、貴族の噂《うわさ》の的《まと》になる。それで、王子はどうしたのと慌てた両親に詰め寄られて、わたしは王子に嫌われていますと説明することに。結果、両親が悲しむ……それとも怒られる？　どちらも嫌だな。

さてさて、どうする……？

「シャルロットお嬢さん！　さっきからここで何をしているんだい？」

わたしを呼ぶこの声は、まさかあの人？　振り向くと期待通りの彼がいた。

「えっ……？」

艶《つや》やかな黒い長髪に切れ長のサファイアの瞳の美形さんの容姿は、以前の彼とは違っていた。頭には緩やかなカーブを描く四本の黒い角と尖った耳があり、お尻には鱗状のどっしりとした尻尾。

わたしは、この姿に見覚えがあった。昨日、書庫でセーリオさんに頼まれて、図鑑の魔法陣から出現させたダンディーなおじ様とまったく同じだ。

「すまない。シャルロット嬢、驚かせてしまったかな？　だが、これが本来の姿なんだ……」

彼の後ろにいるリズさんと、もうひとりの方の姿も同じだった。ただでさえ美形の彼に角や尻尾までついてしまったなんて、さらに魅力が倍増して興奮する。

胸の鼓動が跳ね上がり、シーラン様の顔がまともに見れない。

「ところで君はなぜ一人で？　確か君はクレア王子の婚約者だっただろう？」

「こ、これには複雑な事情がありまして……ラスター殿下のエスコートが急遽《きゅうきょ》なくなってしまったと言いますか……」

「……なるほど。先程、控室から出てきたクレア王子がピンク色の髪の女性をエスコートしているように見えたのはそういうことか…」

え？　ちょっと王子さん！　そんな堂々と別の女の子をエスコートしないでよ。やるならこっそりやりなさいよ……あ！　そうか……今夜の晩餐会《ばんさんかい》で王子はわたしとの婚約破棄を切り出すのかもしれない。そうなると、仲良くなったみんなと会えなくなるのかな？　悲しさで胸が詰まり、うつむいてため息を漏《も》れた。

「シャルロット嬢、すまない。無粋《ぶすい》な質問を婚約者である君にするべきではなかった」

「シーラン様、わたしは平気です。気になさらないでください。そもそも、ラスター殿下とは仲が良くありませんし。先程お見かけになった女性はラスター殿下の想い人ですわ」

「馬鹿な！　婚約者がいるというのに他の女性をエスコートするとは、なんたる卑劣で下衆《げす》な男だ！　高貴な王族の名が廃《すた》る！」

そう言うと、彼はそっとわたしの肩を抱き、自分の胸に引き寄せた。わたしは彼の優しい香りに包まれる。

けれどここは公然の場、仲が悪くとも今は王子の婚約者だから、貴族達にこんなところを見られては彼に迷惑がかかってしまう。

わたしは彼の腕を振り解こうとした。

「シーラン様……駄目です……」

しかし、より一層引き寄せられる力が強くなる。

「なぜ拒《こば》む？　やはりこの姿が醜《みにく》いからか？」

感情を露《あら》わにした声を上げる彼の抱きしめる力に息が出来ず、たまらずシーラン様の胸を叩いた。

「ち……違う……の！」

「おい！　シーラン！　乱暴にするな」

「シーラン様！　どうか冷静に」

リズさんともう一人の方に宥《なだ》められ、抱き寄せる力が緩んだ。わたしは息を整えて彼の誤解を解こうとする。

「醜《みにく》いなんて思わない！　誤解です！」

「しかし、君は俺をまったく見ようとはしないではないか」

「それは……公然の場で抱き寄せられてビックリしてしまったのと……前にも増して美形すぎるあなたに見つめられるのが、恥ずかしくなっただけです」

素直に答えたわたしの顔が熱を帯びていくのがわかった。

「そ、そうなのか……？　俺のことを嫌ったわけでは……俺の早とちりなのか」

「シーラン、だから言ったろ、シャルロット様はそんな子じゃないって」

シーラン様の困惑する声の直後、リズさんの笑い声が廊下に響いた。

「そのお姿は卑怯です！　そんな素敵なお姿を隠していたなんて！　わたしをキュン死させる気ですか！」

「いや、これには事情があるんだ。死ぬほどのことではないと思うのだが……す、すまない……」

わたしは勢いのままシーラン様に要望を出した。

「その尻尾は動かせるのですか？　悪いとお思いならぜひ動くところを見せてください」

わたしのなんの変哲もない要望に彼は驚いた。

「無論だ。そ、そんなことでいいのか？」

わたしは頭一個分は背の高いシーラン様を見上げ、微笑んで頷く。彼は少し困った表情を浮かべながらも尻尾を動かしてくれる。太く重そうな鱗状の尻尾が揺れ、廊下に撒《ま》かれた花びらを舞わせた。

「これでいいか？」

「はい、ありがとうございます！」

かっこいい……わたしはドレスのまましゃがんで、まじまじと尻尾を見つめる。

「なっ、なんて素敵なの。リズさんともう一人の方にも角と尻尾があるのですね、かっこいいわ」

「すまないが……シャルロット嬢。そこはあまりじろじろ見られると少々困る。それに他の女性はこの姿を見ると恐怖におののくのに、シャルロット嬢は怖がらないのか？」

「えーっと、怖がった方がよかったのですか？」

その答えにシーラン様は呆れたような声を上げて、リズさんともう一人の方は口に手を当て笑った。

「はぁ……」

「ぷっ……」

「ふふっ……」

「わたし……何か変なことを言いました？」

「わかっていないのか……君は今までに会ったことのない、変わったお嬢様だな。ははは」

シーラン様もわたしを見つめながら、目を細めて笑う。

「やっぱり笑った顔が素敵。シーラン様は美形さんですね」

「それをまだ言うか」

「ふふっ、そろそろ会場に行かないと舞踏会が始まってしまいますよ。先に行ってください」

「ん？　そうだな。だったらシャルロット嬢も俺と一緒に行こうか」

「えっ、ちょっと待って、シーラン様！　わたしとではダメですって！」

「いいから、いいから、俺についておいで」

わたしの腕を掴んだ楽しそうなシーラン様に連れていかれる形で、舞踏会の会場の扉前に到着した。

ここまで来てしまっては逃げられない。

わたしは隣で和《なご》やかに微笑むシーラン様の差し出した手に、手を重ねた。彼にエスコートされて扉を開けようとして、騎士に止められる。

「すみません。ここでお二方のお名前をお教えください」

「俺はシーラン・フリーゲンだ」

「わたしはデュック公爵家のシャルロットです」

騎士はわたしの名を聞き、取り乱した。やはり、王子の婚約者のわたしといるとシーラン様に迷惑がかかってしまう。そう思って俯《うつむ》きかけたわたしに、彼は優しく声をかけてくれる。

「顔を上げて、シャルロット嬢は何も気に病《や》む必要はない。ただ、この手は絶対離すな」

「でも……わたしはクレア王子の……」

「大丈夫だよ」

わたしの目を見て答える彼の瞳に、自然と安心感を覚えた。彼は騎士に向き直り、はっきりと言う。

「何をしている？　陛下に話は通っている。ここを開けよ」

すると、騎士は金で装飾された、大きな観音式の扉を開けてわたし達の名前を告げた。

「竜人族シーラン・フリーゲン王子。公爵令嬢シャルロット・デュック様」

竜人？　王子……シーラン様って王子だったの？　知らなかったとはいえ……さっき王子の尻尾をまじまじと見てしまっていたわ。

「シャルロット嬢、行こう」

「ええ、シーラン様」

　ここまで来たら頑張るしかない！

　入り口で二人並び一礼をして会場の中に入る。目の前に広がるのは廊下と同じく、どこもかしこも金ピカの空間。乙女ゲームでスチルに描かれていた、華やかで上品な光景とは別世界のようだった。

　細かな金細工、天井に描かれた天使の絵画、多くの金色のシャンデリアが吊り下がっていて、ロウソクの灯が輝く。その下で豪華なドレスやジュストコールを身につけた貴族達が、生演奏に合わせて優雅に踊る。

　これが初めて見る本物の舞踏会かぁ。

　シーラン様にエスコートされて一歩一歩と進んでいくと、周りの反応に驚愕《きょうがく》した。ダンスを踊っていた者は足を止め、わたし達の方を見てざわざわと騒ぎ始める。その中にいた深緑色のジュストコールを身につけた若い貴族の青年が、シーラン様を指差した。

「どうしてとうの昔にこの地から去った竜人が王城にいるんだ！　ここは人間の住む場所だぞ！」

　その青年の声を皮切りに、次々と貴族達がシーラン様へ辛辣《しんらつ》な言葉を浴びせ始める。

「クッ……」

　隣から聞こえた笑いにシーラン様を見上げると、彼はさっきまでの優しい雰囲気とは違い、冷ややかな目で低い声を上げた。

「ここが人間の住む場所？　今はそうだね。確かに君の言う通り、我々竜人はとうの昔にこの地を去っている。しかし共に歩んだという歴史が残っているではありませんか」

シーラン様の尻尾が振り上がり、力強く大理石の床を鞭《むち》のように打つ。辺りの貴族は黙り、わたし達から距離を取った。国の騎士が出てきてわたし達を囲む。

しかし直後、国王陛下が声を上げて騎士を止めた。

「騎士達よ下がれ！　すまぬ！　シーラン王子も落ち着くんだ！」

「大丈夫です、落ち着いてはいますよ、国王陛下。だが、この国は元々我ら竜人が治めていた。俺の先祖があなた達人間へ譲ったに過ぎない。ところで今回、国王陛下は王都外に住むすべての貴族の令嬢をこの場へ招待されましたね。知っておいででしょう。王都外には竜人や他の亜人種族達の血を残す者もいる。今の俺のように見世物《みせもの》にでもするおつもりでしたか？」

玉座に座る国王陛下を見据えてシーラン様がそう口にすると、すぐに国王陛下が立ち上がり反論した。

「見世物《みせもの》になどするつもりはない。わしはただクレアに頼まれたから呼んだのだ。シーラン王子。息子の誕生会に来ていただき感謝します。さあ、今日はクレアの誕生会だ、皆で祝おうではないか！　音楽を奏《かな》でよ！」

国王陛下の声に、止まっていた演奏が再開されたけど、貴族達はシーラン様を見つめつつ立ち尽くす。さっきまでとは違う雰囲気が会場を満たしていた。

誰も踊らず、音楽だけが奏《かな》でられている。

「シャルロット嬢。俺と一曲踊ってはいただけないでしょうか？」

こんな状況下で、シーラン様はこちらに手を差し出してわたしをダンスに誘った。

(えっ、この雰囲気の中で踊るの?)

戸惑ったけれど、誘ってもらったこと自体は嬉しい。

「ダメかな?」

「ふふっ、喜んでシーラン様」

「ありがとう、シャルロット嬢」

誰も踊らない会場の真ん中でシーラン様と踊った。彼は王子とは違い、わたしを気遣うみたいにエスコートしてくれる。

シーラン様とのダンスに段々と慣れて、緊張がほぐれると周りを見る余裕が出てきた。わたしは視界に入ったあるものに心を奪われる。

(あ、動いた)

それは先程も見たシーラン様の尻尾だ。踊るたびに先がちょこちょことご機嫌に揺れ、生演奏に乗っているようにも見えた。

「ふふっ」

「シャルロット嬢は俺とのダンス中によそ見かな?」

「あっ、ごめんなさい。シーラン様の尻尾の先がちょこちょこと揺れているの」

「俺の尻尾?」

「ふふ、やっぱり可愛い尻尾だわ」

「俺の尻尾がそんなに可愛いか。喜んでもらえて何よりだ。でも、今は俺に集中してもらおうかな？」

音楽が終わっても彼の手は離れず、さらに腰を抱き寄せられて、次のダンスに移ろうとした。ところが、横から誰かに体当たりを食らい、わたしはバランスを崩す。

「危ない、シャルロット嬢！」

倒れそうになったわたしを、手を伸ばしたシーラン様が素早く抱きとめてくれた。イノシシがぶつかったような衝撃だった……と横を見たら、顔をポーッと赤らめてシーラン様を見つめる、ヒロインのモフカがいる。

「やった！　シーランとこんなに早く会えた……フラグが立った！」

彼女は確かにフラグと言った。それに出会ったばかりのシーラン様を当たり前みたいに呼び捨てにするとは。

(彼女は昔、シャルロットが注意したことを理解していないの？)

いきなり呼び捨てにされたシーラン様は怪訝《けげん》な表情を浮かべている。彼女はそれすら気付かず彼の名を呼ぶ。ゲームのヒロインは天真爛漫《てんしんらんまん》でちょっとわがままだったけど、ちゃんと人を思いやれる可愛い女の子だったのに……

「ねぇ、ねぇシーラン。シーラン、シーラン、あたしを見てよ。あなたのモフカだよ」

シーラン様は手をわたしの背中に回し、モフカと距離をとった。

「……シャルロット嬢とのせっかくのダンスに邪魔が入ったな。残念だがダンスはやめてバルコニーに行こう」

ヒロインは放置して、シーラン様にエスコートされてバルコニーに向かう。しかし、諦めないモフカはわたし達の後をギャーギャー騒ぎながらついてくる。

「ねえ、シーランってばこっち向いてよ。あたしだよ、モフカだよ。おかしいな、フラグが立ってるのに、なんで？」

終《しま》いにモフカは、シーラン様を誘おうとしているのか大きめの胸を強調させるようにくねくねし始めた。近くでリズさん達が「うわぁっ」と言った声が聞こえてくる。

モフカは髪を振り乱し、ドレスがはだけていく……そこまでするんだ。せっかくわたしが犠牲《ぎせい》になって出来上がった可愛い髪型とピンクのドレスが台無しだ。

（シーラン様が見ないように目を逸らしているよ）

「なんでこれも効かないの？　シーラン、シーランってば！」

あまりにうるさいモフカを見兼ねてか、シーラン様は優しく諭《さと》した。

「君がどこの誰だかは知らないが、出会ったばかりの俺の名前を呼び捨てにするのは些《いささ》か失礼ではないか？　それに俺は今シャルロット嬢を誘っている。あなたには遠慮してほしい」

でもモフカは、シーラン様が断っても全く聞く耳を持たない。声をかけられたと大喜びだ。

「知らないなんて、そんなことない！　シーランはあたしを知ってるはずよ。そんな奴よりあたしと一緒にいよう。だってあたしはシーランが欲しがっている聖女なんだから！」

『ヒロインが聖女で、竜人族の隠しキャラが優しくて美形なの』

その瞬間、元の世界での友達の言葉がふと蘇《よみがえ》った。そうか、シーラン様は乙女ゲームの隠しキャラだったんだ。いまだにシーラン様にまとわりついているモフカの狙いはお花畑の王子ではなく、竜人族のシーラン様？

「あーん嬉しい。こんなに早く会えるなんて夢みたい。前世の記憶を思い出して先に動いてよかった」

（記憶……やっぱりモフカはわたしと同じ転生者か……）

あなたのその前世の記憶と、人を思いやらない考えなしの行動で、シャルロットは心が壊れてしまった。もう、表舞台には帰ってこないかもしれない。

「ねぇ、シーランとあたしは十一歳の時にビビールの街で会ってるはずよ。怪我をした男の子の傷をあたしが聖女の力で治したでしょう？」

モフカがその話をした途端に困惑するシーラン様。

「確かに……今から三年前にビビールの街で怪我をした少年はいたが……彼の傷を治したのはあなたではない、リオだ。それなのに、あなたはどうしてそんな嘘をつくのだ？」

シーラン様がリズさんの隣の方を見て言った。彼はリオさんっていうんだ。

モフカは予想と違った展開に慌て出す。

「えっ誰？　誰よそれ？　嘘よ、あたしは……あれっ？　あたしって十一歳の時、どこにいた？」

どこにいたって……わたしは彼女に向けて伝えた。

「あなたは十一歳の時、王城にメイドとして来ていませんでしたか？」

「あー、そうだ。あの時、あたしは記憶を思い出したばかりで混乱して、クレア王子に会いに来ちゃったんだ、しまった！　重要なフラグを立てられてなかった……」

落ち込むヒロインを見て、シーラン様はリズさんに告げる。

「これ以上の面倒事は困る。この方をクレア王子のもとに連れていってくれ」

モフカはリズさんとリオさんにガッチリ腕を掴まれた。

「え、ちょっと待ってよ、シーラン！　やっと会えたのに！　待ってシーラン！」

二人は暴れても逃さないとばかりに、彼女を王子のもとへ引きずっていく。その間も、モフカはシーラン、シーランと彼の名を呼んだ。

「行こうか、シャルロット嬢」

わたしはシーラン様にエスコートされてバルコニーに出る。そこで、二人でホッと息をついた。

「なんだか疲れたな」

「ええ、疲れましたね。シーラン様」

モフカのパワーはすごかった。彼女はシーラン様を攻略対象だと知っているから、諦めないだろうな。一番厄介な迷惑系ヒロインだ。

『この世界は自分のために回ってるのよ』とか、『攻略対象はすべて私のもの！』とか言っちゃう、ハーレム狙いの危ない子かもしれない。

舞踏会の会場を振り向くと、リズさんとリオさんがバルコニーの入り口に立ち、見張ってくれていた。会場の方ではところ構わず声を上げるモフカと、それを必死に止めようとする王子の姿が見える。

他の貴族達には、舞踏会から早々と去っていく人達もちらほらいた。

「シャルロット嬢。先程体当たりを受けたが、怪我はしていないか？」

「はい、シーラン様がすぐに抱き留めてくれたおかげで大丈夫です」

「そうか、それはよかった」

シーラン様の大きな手がわたしの頬に触れ、優しく見つめられた。その時、ボーンボーンと会場の柱時計が九回鳴る。その鐘の余韻《よいん》を聞きながら、シーラン様は残念そうに目を細めた。わたしはもちろん、シーラン様もまだ成人前だそうだから、舞踏会の参加は九時までとなっている。

「なんて残念なんだ……もう少しシャルロット嬢とダンスを踊り、語り合いたかったが……帰る時間がきてしまったな」

「ええ、わたしも残念です。シーラン様ともう少し過ごしたかったたし、尻尾を触りたかった」

「尻尾は困るが……そう言ってもらえると嬉しいよ、シャルロット嬢」

そうしてバルコニーにいるわたし達を呼ぶ、お父様の声が聞こえた。


シーラン様達と別れた帰りの馬車の中で、お父様は終始ご立腹だった。

「私は王子だけではなく、陛下にも裏切られていたのか！」

王子がわたしのエスコートをしなかったことだけが原因ではないようだ。ふぅーふぅーと息を荒げては、ブツブツと念仏のようにつぶやく。ようやく落ち着きを取り戻したかと思えば、ため息をつきこう言った。

「……許さんぞ！」

それは、わたしが初めて聞いたお父様のドスが利いた低い声だった。


舞踏会の次の日。わたしは怒りが冷めやらないお父様と一緒に国王陛下から呼ばれて、昼過ぎに王の間へと通された。そこには陛下と不機嫌な王子の他に、シーラン様がいた。

「こんにちは、竜人様」

「ご機嫌よう、シーラン様」

「こんにちは、デュック公爵、シャルロット嬢」

挨拶《あいさつ》を終えると、シーラン様はお父様とわたしだけに聞こえる声でこう尋ねた。

「ところで、デュック公爵はご存知ですか？　クレア王子がシャルロット嬢にしてきた卑劣な行為を……」

卑劣な行為と聞いたお父様の表情が変わる。

「何！　シャルロットの身に何が……クレア王子の卑劣な行為とはなんだ！」

お父様の感情を露《あら》わにした声が王の間全体に響く、お父様は王座にどっしり構える国王陛下に険しい眼差《まなざ》しを向けるが、陛下は口を噤《つぐ》んだままだった。

「やはり、ご存知ではなかったのですね」

「毎日、あの子の笑顔を見ていたら、それはもう、クレア王子との仲むつまじく幸せにしているとしか思えなかった。『二人の婚約を正式に公表する』と書かれた舞踏会への招待状が手元に届いた時には、シャルロットの子供の頃からの夢が叶ったと喜んですらいたのです！　それなのにあの舞踏会はなんなのですか、陛下！」

お父様は湧き上がる怒りを陛下に浴びせ続ける。

「まぁ、待て。デュック公爵よ。クレアももう大人だ。本人の意思を尊重してしているゆえ、クレアがそなたの娘にして来たことは知らぬのだ。ワシはただ舞踏会で婚約発表が無事に終わることだけを考えていた。が、邪魔が入ったのだ。お主も見ただろう、あの娘だ」

「はい。しかし、私の目にはその邪魔に入ったあの娘をエスコートするクレア王子のお姿が見えましたが？」

「いや……その件についてはクレアが勝手にしたことであって、ワシは何も関与はしておらぬぞ、デュック公爵」

「そんな、父上！」

「ああ、なんてことだ。私は娘の幸せだけを願って、陛下に言われるまま何年もの間、多額の金を国に融通《ゆうずう》してきた……それなのにシャルロットは幸せどころか、王子に苦しめられていたとは……」

お父様は悲愴《ひそう》な面持ちで頭を抱えて嘆く。足元のおぼつかないお父様の体をシーラン様がそっと支えた。

「あぁ、すみません。竜人様……不甲斐《ふがい》ない父親で本当にすまない、シャルロット」

頭を下げるお父様にわたしはそっと寄り添う。

「いいの、気にしないでお父様。わたしは平気だから」

「おお、優しいシャルロット。今度こそお前を慈《いつく》しんでくれる、より相応《ふさわ》しい相手を探し出すからな、待っていておくれ」

「よろしいですか？　デュック公爵。その相応《ふさわ》しい相手は、俺では力不足ですか？」

——え？　シーラン様⁉

「なんと！　……まさか竜人様が私の娘の相手に名乗り出てくださるのか⁉」

シーラン様はお父様を見て小さく頷いた。

「王城の通路で出会ってから、明るく振る舞う彼女の可愛らしさが気になっていました」

「あぁ、なんとも嬉しいお言葉。竜人様は心優しく慈愛に満ちた方だと聞いている。そんな方に娘を選んでもらえるとは、なんて幸せなことだ。私と妻は賛成ですが……娘の気持ちが最優先ですので……」

「そうです、デュック公爵。私もシャルロット嬢の気持ちに委《ゆだ》ねたい」

お父様とシーラン様の顔がわたしの方に向いた。

「自分の素直な気持ちを答えてくれればいい。シャルロット嬢はクレア王子と俺のどちらを選ぶ？」

聞かれなくとも、ラスター殿下ではないことだけは決まっているわ。でも……

わたしの迷いを察したのか、シーラン様が微笑む。

「シャルロット嬢、すぐ答えを出さなくてもいいんだ。友人から始めてもいい、お互いの心が決まったら恋人となり、そして未来が共有できた時に婚約をしよう。ただこれだけは誓おう。俺はシャルロット嬢だけしか見えないし、君だけを好きでいたい」

こんなに素敵な方が、わたしのことを好きでいてくれるの？　シーラン様の強い想いに心打たれたわたしの頬と耳が急激に熱を帯びて、真っ赤になっていくのがわかった。シーラン様はそっと近付き、赤らめたわたしの顔を彼の胸で隠す。

「シャルロット嬢にこのような表情をされるとは……二人きりの時に見たかった」

「えっ……シーラン様、恥ずかしいわ」

「あぁ、その表情もまたいい。可愛いなシャルロット嬢」

恥ずかしさに耐えながら、ゆっくり顔を見上げると彼はとても素敵に微笑んでいた。

「俺はすぐにでもシャルロット嬢と過ごしたいが、俺達は今、自国ではなく諸事情により王都外に移住している。…それでもよかったら会いに来てくれるだろうか？」

「はい。喜んで会いに行きます！」

シーラン様との話に国王陛下が口を挟む。

「コホン……二人が住む場所が必要なのだろう？　使っていない部屋なら、そうだな城の西側にいくつか空《あ》いておるから、どうだ、改装でもして住んでみないか？　クレアのしでかしたことに対する慰謝料《いしゃりょう》として受け取ってくれ」

え？　住む？　シーラン様と一緒に暮らすの？　ちょっと話が飛躍しすぎで思考が追いつかない。

「それはありがたい。その提案お受けしましょう」

シーラン様は乗り気なのね！

「デュック公爵はどうだ？」

チラッと国王陛下がお父様を見た。

「それならば、私からは前祝として、部屋の修繕と改装をいたしましょう」

「デュック公爵？　そこまでしていただかなくとも……」

「いえいえ、竜人様。シャルロットの幸せを思えばこそです」

「感謝いたします」

「話は纏《まと》まったようじゃの。改めてクレアとシャルロット嬢の婚約は解消ということで。では、邪魔者は去るとしよう」

国王陛下は王座からゆっくりと立ち上がり王の間を後にした。その後を王子が静かについていく。

どうしよう？　シーラン様とはまだお付き合いすら始まってもいないのに、色々飛び越えて一緒に住む話になっているわ？　いいのかな？

目の前のシーラン様を見て余計に意識してしまう。胸の奥が熱くなり、高鳴る鼓動が抑えられない。彼と初めて出会ったのは王城の廊下。そこで彼の人柄に惹《ひ》かれた。次は応接間の前で会った時の気さくな彼。昨日の舞踏会では、私を大事に守ってくれる包容力に、そして今、恥ずかしがるわたしの顔を胸で隠してくれる優しさ……そんな彼はわたしの気になる存在になっていた。

もっと、もっと彼のことを知りたいなぁ。

「シャルロット嬢はどうかな？」

わたしは彼の瞳を見つめながら小さく頷く。すると彼は幸せそうに笑った。

「では、シャルロット嬢。俺達が落ち着き次第、連絡をする。そうしたら一緒に部屋を探しにいこう」

彼の声が弾み、尻尾が大きく揺れた。

「はい、喜んで」

その日の話はこれで終わり、お父様と馬車で屋敷へ戻る。馬車が到着すると、心配をしていたのかお母様がすぐにエントランスへ出てきた。

お父様は話があるとお母様を書斎に連れていったため、わたしは夕飯まで部屋で休むことにして、マリーを呼んだのだった。

★
☆
★

王城では、夜半まで金のシャンデリアのロウソクが淡く光を放っていた。並べられた家具はどれも金色の一級品である。そんな王城の東側に位置する、一際大きな部屋。

この部屋は国王陛下の自室だ。その国王は革張りの椅子にドッシリと座り、極上のワインを飲み干し、近くに立つ執事、セバスチャンへ声をかけた。

「少々面倒なことになったな……まさか絶滅したと思っておった竜人が出てくるとは。だから嫌だったんだ、会合以外で王都外から人を呼ぶのは。王都の外はまがい者だらけだ！」

国王からすると、昔からそうだ。王都外に住む者達には、亜人との混血が多い。それは、元は竜人王が治めていた土地だからだと、彼は小さい頃より父王にそう聞かされていた。

「陛下、シーラン様に貸し出されるのは西側のどの部屋でもよろしいのでしょうか？」

セバスチャンがそっと問いかける。彼は、表向きはクレア王子の専属執事とされているが、実際は国王の命を受けて動いていた。王子の監視役である。

「ああ、よい。西側はわしの代から手をつけておらぬ。どこをどう使おうと構わん。代金はすべてデュック公爵が娘可愛さに払うであろう。ははは……奴からはまだ搾《しぼ》り取れるだろうな。まさにわしの懐《ふところ》を潤《うるお》す金のなる木よ」

「左様《さよう》ですか……陛下、クレア王子のことはどうされますか？」

セバスチャンは空《あ》いたグラスにワインを注ぎながら国王に尋ねた。国王はワインに口をつけ、少し考えて答える。

「クレアにも困ったものだ。セバスの話からして、その王都外の男爵の娘に相当熱を上げておるようだな。貿易商の娘か……しかし王都外出身の男爵家では大した金にならなそうだが。まあよい、クレアのことは捨て置け」

そう言った国王は、ふと考える。昨日、舞踏会で騒ぎまくったあの少女には見覚えがある気がした。三年前に、『デュック公爵は国王陛下に隠し事をしていますよ』と伝えてきた少女にどこか似ていたのだ。

（まさかな……）

そう思い直して首を振った国王だが、改めてセバスチャンに告げる。

「……セバス、あの男爵の娘を詳しく調べよ」

「はい、かしこまりました」

その返事を聞きつつ、国王は昼の一件についても思い返していた。

（まさか、クレアの奴がシャルロットを苛《さいな》んでいたとはな…これでは楽して手に入るはずの金が入ってこなくなるではないか、バカ息子め……しかし、わしが折れて、竜人とシャルロットの仲を取り持ち、城に住まわせることで、またデュック公爵は惜しまず金をつぎ込むだろう）

「あと三年だ。三年持てばよい。三年後にわしは王位を退《しりぞ》きクレアに託す。その後は貯めている金細工をすべて売り捌《さば》き、この化物ばかりの土地ではなく、人間の住む国で優雅な隠居生活を過ごす。まあ、クレアの結婚の相手など誰でもよい、その時に使えそうな者であればな」

「……はい。王妃様はどのようにされますか？」

「あやつは金さえ渡せば黙っておる。今はどこぞの若い男にうつつを抜かしておるのであろう？」

所詮《しょせん》、政略結婚とはそういうものだと国王は考えている。王妃はクレアを産んだ後は、金の無心をする時にしか国王のもとを訪れない。国王も、王妃を必要な時に使えればそれでよかった。

「セバス……お前はもう下がれ。このことは誰にも口外してはならぬぞ。命が惜しければな、フフッ」

「重々承知しております。では、失礼いたします」

セバスチャンはそう言って退出していく。国王にとって、彼ほど口が堅く、有能な執事はいない。

「ふふふっ、ははは一！」

腹の底から笑った後、国王はワインを呷《あお》り思うのだった。

（すべてはわしの思惑通りだ――）

★
☆
★

王城に呼び出された三日後。シーラン様達が王城へ移ったとの連絡が入り、その次の日の午後にシーラン様と会うため城へと出向いた。

馬車の停留場で待っていたのは、シャツにズボン姿のリズさん。彼に手を借りて馬車から降りた。

「こんにちは、シャルロット様」

「こんにちは、リズさん」

「シーラン王子は部屋でシャルロット嬢を待ってるよー。住む部屋を早く決めたいんだってさぁ」

リズさんの案内で、シーラン様達が滞在する部屋へと連れていってもらう。

部屋に入るとすぐにシーラン様が出てくる。彼もシャツにズボンのラフな格好だ。

「シャルロット嬢、西側の部屋を見て回ろう」

「はい、シーラン様」

西側は書庫にしか入ったことがなかったから、初めて見るところばかりで楽しかった。

西側の天井にはところどころドラゴンの絵が描かれている。それをシーラン様が見上げた。

「ふふっ、シーラン様とぶつかった時、わたしもそうやって書庫近くのドラゴンの絵を見ていたんですよ」

「ああ、あの時か。書庫からの帰りに、可愛いお嬢さんが俺の胸に飛び込んできたんだよな」

「わたしは美形さんとイケメンさんに会って驚きました」

そう呼ぶとシーラン様はやはり眉をひそめ、リズさんは大笑いをする。

「そうだよなー、初めて会った日、シャルロット様はシーラン様を美形さんと呼んで、俺のことをイケメンさんって言ったんだよ。リオ」

「美形にイケメンですか……表現としては間違っていないのではないでしょうか」

真面目に考えて真面目に答えたリオさんに笑ってしまった。

そうしてみんなで和気藹々《わきあいあい》と何部屋か見て周り、西側の奥にちょっとした棟を二つ見つけた。

一つはキッチンにお風呂、トイレの他に三部屋と、ダイニングとリビングルームの棟。もう一つは大きな部屋と、小さなキッチンがついた部屋にお風呂にトイレ、リビングルームの棟。

どちらもそんなに壊れたところがなく、すぐにでも使えそうだ。

そう考えていたら、リズさんが扉を叩く。

「シーラン様、ここに通路をつけて棟同士を繋《つな》げてはどうですか？」

「それはいいな、食事はダイニングに大きなテーブルを置いて、みんなで食べよう」

「いいですね。あちらのキッチンよりも、こちらのキッチンの方が広いので、料理はこちらで作りましょう」

こっちとあっちの部屋を繋《つな》げるとか、ご飯はここで食べようとか、女子力の高い男性三人で話が進んでいく。それを聞いているだけで、わたしはうきうきしていた。

そんなわたしの方を振り向いたシーラン様が笑顔で問いかけてくる。

「シャルロット嬢は何かご意見があるかな？」

「いいえ、シーラン様達とご一緒にここに住めて、一緒に食事が出来ると考えるだけで楽しみです」

「そうだな、楽しみだ」

そうして国王陛下に部屋を決めたと伝えたところ、壁紙や家具を揃えるのに三日間はかかると言われた。今から楽しみでならない。


次の日からは、お昼過ぎに城へと上がり、シーラン様と日々を過ごした。その間、王子には一度も会っていない。

そして三日が過ぎた頃、シーラン様達と決めた居住区画の修繕が終わったと、お父様から聞いた。

そこで一日、マリーと城に移るための荷造りをする。トランクケースに着替えや好きな本、シャルロットの日記、お気に入りの服などをあるだけ詰めたので、大きなトランクケース三つがパンパンになった。

城へは、わたし付きのメイドとして小さい頃から身の回りをしてくれたマリーもついてくることになっている。

翌朝、マリーにポニーテールにしてもらい、水色のワンピースを着た。両親といつも通りに朝食を取り、屋敷を出る。

見送りのためエントランスで待っていたお父様とお母様は、交互にわたしを抱きしめて頬にキスをした。

「シャルロット、金銭面の問題や、嫌なことなどがあったら、すぐに国王陛下ではなく私に連絡を寄越しなさい。竜人様にも伝えておいてくれ」

「わかりました、お父様」

「シャルロット……あなたのことをまだ『クレア王子の婚約者だ』と見る人もいるはずです。その時には竜人様にしっかり守ってもらいなさい」

「はい、お母様」

他にも、必要なものがある時には手紙を寄越しなさいとか、寂しくなったら帰ってくるのですよとか言ってくれた。

「お父様、お母様。行ってきます」

「ああ、気を付けてな」

「体には気を付けるのですよ」

荷物を積み、マリーと馬車に乗り屋敷を出発した。

太陽の輝く青空が広がり、夏の日差しを浴びながら、馬車はのんびりと畑道を通る。窓を開けると爽《さわ》やかな風が入ってきた。いつもは憂鬱《ゆううつ》だった城までの道だけど、今は違う。今日から始まるシーラン様達との生活に胸躍らせていた。

色々あったけど、クレア王子との婚約期間は一ヶ月くらい。まあ、婚約と言っても国王陛下とお父様の口約束で正式なものではなかったし、家族が国外追放になったり、悲惨な牢屋行きになったりする結末は回避出来たのだろう。

これからわたしには楽しいことが待っている。城で始まる新生活がとって楽しみだ。でも、忘れてはいけないのはあの子……モフカの存在。舞踏会での行動と、『あたしはシーランが求める聖女なのよ』という言葉……聖女に魔法、竜人族。わたしはクレア王子以外のルートをプレイしたことがないから、それらのキーワードを聞いてもシーラン様のルートがどんな内容かはわからない。

わたしが予想出来ているのは、シーラン様が攻略対象だということだけ。もし、王子と同じように彼がモフカのところへ行ってしまったら、今度こそ破滅になるのかな……

思い悩んでいたら、マリーが声をかけてきた。

「シャルロットお嬢様、大丈夫ですか？」

「大丈夫よ……少し考え事をしていただけだから」

「それならばよいのですが……王城でも、しっかりお嬢様のお世話をさせていただきます」

「ええ、これからもよろしくね、マリー」

馬車は畑道を抜けて王都を進み、お昼前に王城の馬車の停留場に着く。

前と同じく、リズさんがそこで待っていてくれた。

「おはようございます、リズさん」

「おはよう、シャルロット様と……？」

リズさんは、わたしと一緒に馬車から降りたマリーを見る。

「シャルロット様のメイドのマリーです。よろしくお願いします」

「俺はリズ。シーラン様の付き人だ、よろしくねーマリーさん」

リズさんは従者から荷物を受け取ると、それを王城の入り口に置いた。

「さあ、行こう。シャルロット様」

「あれ、荷物はここに置いていくの？」

リズさんはそうだと頷く。

「先にシャルロット様を、今朝からずーっと今か今かと待ってるシーラン様に届ける」

「届けるって！　荷物みたい！」

「だってさ、聞いてよ。シーラン様は朝早くから『シャルロット嬢が来る』って大はしゃぎなんだ。そわそわしてさ、ソファーに座ったり立ったり、部屋の中をぐるぐる回ったり、シャルロット様の部屋を覗いたり、あんなシーラン様は初めて見た」

シーラン様……そこまでわたしの到着を楽しみにしてくれているんだ、嬉しい。

それを聞いて、マリーにここで荷物番をしてもらい、先にリズさんと部屋に向かった。

「シャルロット様。前に見た時よりも部屋の中が綺麗になったよ。あの国王陛下、部屋を決めたと告げた翌日にはもう業者を呼んだんだ。壁紙や床の張り替え、シャンデリアや家具にキッチンとかお風呂、トイレまで全部取っ替えてしまったんだけどね」

「綺麗にすれば、まだ使えそうだったのに？」

「ああ、俺達がいない間に勝手に替えたんだよ。これじゃあデュック公爵に多額の領収書が届くな」

リズさんは困ったみたいに笑った。

「大丈夫よ、お父様は何かあったらなんでも言いなさいと言っていたから。もしかすると、こうなることも予測していたかも」

「そうか……デュック公爵には恩を返さないといけないな」

「あら、それはリズさんだけじゃないわ、わたしもよ。ちゃんと親孝行をするわ」

彼は少し驚いた顔をしてから、わたしを見て微笑んだ。わたしも彼を見上げてニンマリ笑った。

「シャルロット様はしっかりしてんなー。俺も見習わないと」

「見習ってもよくってよ……ふふっ」

「あ、急にお嬢様っぽくしたな。はい、はい。見習わせていただきますよー」

しばらく歩き続け、ロータスの花の池を西側に進む。天井のドラゴンの絵を見ながらさらに奥へ。

「さあ、着いたよ。シャルロット様のお部屋だ」

そう言って扉が開けられた部屋の中は、前とは大違いだ。ピンクの花がポイントの白を基調とした壁紙に、大きなシャンデリア、奥には革張りのソファーまで見えた。

「……豪華な部屋だわ」

「俺の言った通りだろ。部屋の説明は荷物を運んだ後にするから、ソファーに座って待ってて」

「リズさん、ありがとう」

荷物を取りに行ったリズさんを見送る。彼は後で説明すると言っていたけど、色々と気になり、あちこち開けて回った。

入り口付近にあるこの扉はマリーの部屋かな。覗いてみると同じ壁紙に真っ白なカーテン、トイレに小さなキッチン、机にベッドが置いてある。なんだかワンルームのアパートみたい。その隣は広い部屋。真っ白なレースの天蓋《てんがい》付きダブルベッドにドレッサー、クローゼット、テーブルに本棚、暖炉《だんろ》がある。窓には真っ白なカーテンがかかっていた。

シンプルだけどこれはこれで素敵……他の場所も気になり、次々と扉を開けた。

「木造りの湯船が、大きな大理石の猫足バスタブに変わっているわ。周りはタイル張りで、足元も大理石？　石鹸《せっけん》も二つも置いてある」

トイレも新品だし、三人がけのソファーはふかふか……フローリングだった床は全部大理石に代わり、リビングルームには高そうな絨毯《じゅうたん》が敷かれていた。どの家具も高級感たっぷり！　国王陛下はどれだけこの部屋にお金を使ったの？

これは……早速お父様に手紙で報告をした方がいいわね。

リビングルームの壁にある扉の向こうが、シーラン様の部屋ね。リズさんが首を長くして待ってるって言っていたから、開けてもいいかな？

とりあえずコンコンとノックをして、しばらく待ってから扉を開けた。

「失礼します、シーラン様はいらっしゃいますか？」

さっきのわたしの部屋よりもさらに広い部屋だ。同じく大理石の床に絨毯《じゅうたん》が敷かれていて、ダイニングには大きな一枚板の六人がけテーブルがあった。

壁紙は真っ白な地に青い線が上下に二本入っている。カーテンもすべて白、数人は余裕で座れそうな革張りのソファーもある。

立ち尽くして部屋に見入っていたら、わたしが潜《くぐ》ってきたのとは別の扉が開く。その中から白のガウンを身につけたシーラン様が、長い髪を拭きながら出てきた。

「えっ！　シーラン様！」

「あっ……シャルロット嬢！」

髪を拭いていたバスタオルがシーラン様の手を離れて、パサッと床に落ちる。目を丸くして見つめ合うわたしとシーラン様。

「……そうか。もう、着いていたんだね」

「はい」

シーラン様、驚いているじゃない！　何が今か今かと待ってるよ、リズさんったら。

わたしの目の前にはお風呂上がりのシーラン様がいた。髪が濡《ぬ》れていて、角と尻尾もなんだか妖《よう》艶《えん》で綺麗。やっぱり美形だなと見惚《みと》れてしまう。

「会いたかった、シャルロット嬢」

「あっ……」

いつの間にか距離が縮まっていて、気付いた時には彼の胸に抱きとめられていた。白のガウン越しに分かる厚い胸板、お風呂上がりの石鹸《せっけん》の香りにしっとりとした髪。シーラン様の熱い体温が移ったみたいにわたしの体温も上がる。彼が独り言のようにボソリと呟いた。

「可愛いなぁ、今日の髪形は前に見たポニーテールだ。似合っている」

ポニーテールの時？　いつだろう？　と驚き、抱きしめられた胸から顔を上げると、彼は切れ長のサファイアの目を見開いている。そしてボソッと「しまった……」とこぼし、額《ひたい》に手を当てた。

そんな彼に、思いついたことがあったわたしは声をかける。

「わたしの知らないどこかですれ違ったか、わたしを見かけたことがあるのですね」

「……ああ、そうだ。シャ、シャルロット嬢、すまないが着替えてくるよ」

「はい、わかりました」

抱きしめられていた体が離れると同時に、シーラン様の髪が頬をくすぐる。直後、彼は顔を近付け、わたしの頬に軽くキスをした。

「俺の着替えが終わったら、一緒にここで早めの昼食にしよう」

そう言い残して、シーラン様は奥の自分の部屋へと消えていく。残されたわたしは呆然と頬を触った。

（今、シーラン様に頬にキスを……された！）

同じ王子様で、こんなにも違うものなの？　シーラン様と王子とでは雲泥《うんでい》の差。爽《さわ》やかな石鹸《せっけん》のいい匂いがして、わたしの体は彼の体の中にすっぽりと収まってしまっていた。

それを思い出したわたしは、自分で自分の体を抱きしめて、心の中で喚《わめ》く。いやいや、落ち着いてわたし。手を広げて、すーはぁーすーはぁーと深呼吸して、もう一回……しんこきゅ……

「……くくっ」

どこからか笑い声が聞こえた。声の方を振り向くと、わたしの部屋の少し開いた扉から、リズさんがお腹を抱えて笑いつつこちらを見ている。

「くっくっ……シャルロット様はそこで何をやっているんだい？」

……あちゃー、見られた。

「えーっと、部屋の中を見ていて、その、たまたま開けてしまいました」

「そうですか、そうですか」

彼は口元を手で隠しながら笑い続けている。もう、そんなに笑わなくてもいいのに！

「ところで、リズさん、何かご用ですか？」

「ああ、そうだ、そうだ。この運んだ荷物はどうする？」

彼の足元にトランクケースが見えた。

「そこに置いておいてください……あの、そんなことよりちょっといいですか？」

「ん、何？」

次の言葉を言う前に、空気を思いっきり吸う。

「リズさんの嘘つき！　何がシーラン様が今か今かと待ってるよ、お部屋に入ったらお風呂上がりだったわ、もう！」

吸った息を全部使った。しかし、彼は笑って返してくる。

「へぇー、それはよかったね。それにシーランも気にしてないよ。むしろ今頃……くっくっ……慌てているだろうなぁ、ほっぺにチュッだって！」

リズさんがシーラン様を呼び捨てにして笑い声を上げた途端、シーラン様の部屋の扉が乱暴に開き、顔を赤くしたシーラン様が出てきた。

「兄上！　それ以上は何も言わなくて結構です」

兄上？　今、シーラン様がリズさんを兄上と呼んだ？　嘘っ！

シーラン様は王子だから、そのお兄様も王子だ。わたしったら第一王子にフレンドリーに話しかけていたわ！　それに、さっきだってわたしの荷物をここに運んでもらってしまった。

「どうしたの？　シャルロット様、顔が青いけど？」

「す、す、すみません！」

「へっ？」

わたしはリズ様に深く頭を下げる。

「リズ様、すみません。シーラン様のお兄様とはつゆ知らず。ああ、本当にすみません」

「落ち着いて、シャルロット様。頭を上げてよ、俺が好きでやってるんだから。それに俺はさぁ、シーランの兄なだけで……シーランみたいに力がないからさ」

「そんな！　力なんて関係ないです。リズ様はシーラン様のお兄様に変わりありません。お兄様はお兄様なのです。ああマリー、マリー、来て」

恥ずかしいくらい動揺して、慌ててマリーを呼んだ。そんなわたしの様子をシーラン様とリズ様は驚きつつも、優しく微笑んで見ていた。

「どうなされたのです、シャルロットお嬢様……？」

「ああ、マリー！」

わたしの部屋からこちらに来たマリーにしがみつく。

「マリー、聞いて、王子だったの……それも第一王子だったのー！」

ますます動揺するわたしに、状況がわからないマリーは困り、それを見ていたリズ様が笑った。

「くっく……シャルロットちゃんは本当に優しい子だなぁ……俺、嬉しくなっちゃったー」

「ダメです、兄上！」

わたしに抱きつこうとしたリズ様を、シーラン様が必死に止める。

「なんだよ、止めるなよ。俺もシャルロットちゃんにチュウしたい！　チュウ」

「それはもっとダメです！」

大きな体で二人がじゃれ出す。それを止めるかのように白いフリルのエプロンをつけたリオさんがパンパンと手を叩き、料理の載ったカートを押してキッチンから現れた。

「リズ様、シーラン様。早く昼食を食べないと仕事に遅れますよ」

「おっと、そうだった。シャルロットちゃん、昼食にはちょっと早いけど一緒に食べよう。俺の横に座って」

リズ様はダイニングテーブルに座り、隣の椅子をポンポンと叩いた。でも、そこに座ったのはシーラン様。

「なんだよ、シーラン」

「兄上は先程からシャルロット嬢を、シャルロットちゃんと呼んでいませんか？」

「そうだな、俺は今日からそう呼ぶことにしたよ、ねえ、シャルロットちゃん」

わたしは頷き、シーラン様の反対側の椅子に座った。

「はい、お好きなようにお呼びください、シーラン様はどうしますか？」

「俺は……シャルロットと呼ぶ！」

シーラン様は顔を赤くして叫び、リズ様に笑われたのだった。


そうして、皆での昼食の席。

「——でね」

リズ様はよく喋る方でした。わたしの好きな本は？　好きな食べ物は？　などなど、シーラン様に止められるまで聞かれた。昼食が終わると、シーラン様はこれからの予定を話す。

「シャルロット、俺達は週に五日は朝食後、仕事に出て、昼はこの部屋にはいないんだ。城の西側なら好きに歩き回ってもいいと国王陛下がおっしゃってくれたから、気にせず自由に過ごしてくれ」

「はい、わかりました」

「朝と晩はみんなでここに集まり食事を取ろう。マリーさん、朝食は六時、夕飯は五時ごろにリオの料理の手伝いをお願いします」

「はい、かしこまりました」

マリーは後片付けに行き、わたしも席を立ったところでシーラン様に呼ばれた。側に行くと彼は懐《ふところ》からシルバーのブレスレットを二つ取り出す。

「これをシャルロットに、もう一つは俺につけて」

シーラン様につけたブレスレットには、わたしの瞳と同じエメラルド色の石がついていた。わたしの分はサファイアだ。

「気が付いた？　お互いの瞳の色にしたんだ」

「素敵……ありがとうございます、シーラン様」

「ああ、シャルロットの喜ぶ顔が見られて満足だ」

その後、仕事に向かわれるシーラン様達を見送るため玄関についていった。

「行ってくる。六時前には帰るよ」

「みなさん、行ってらっしゃい」

笑顔で声をかけると、三人ともにピタリと足を止める。

「行ってらっしゃいか、いいな。シャルロット、行ってくる」

「シーランの言う通り、可愛い子のお見送りって最高だなぁ、リオ！」

「そうですね、リズ様」

みんな嬉しそうに顔を緩ませるから、なんだか照れてきた。

「もう、早く行かないと仕事に遅れますよ」

そこでようやく、三人は笑顔で手を振りながら仕事に向かっていった。

「じゃあ、わたしも出てくるわね」

洗い物中のマリーに声をかけて、部屋を出て小庭園を目指した。調理場の裏にシンラ君はいるかな？　ジャガイモを剥《む》いている？　それとも人参、玉ねぎ？　もしくは中で皿洗いかな？

小庭園や中を歩き調理場の裏に差しかかると、扉の付近に人影が見えた。

あっ、いた。シンラ君が外で人参の皮剥《かわむ》きをしていた。あれっ？　その前に椅子が用意してある。

「シンラ君！」

名前を呼ぶと、彼は剥《む》く手を止めて顔を上げた。思いっきり手を振ったら、手を振り返してくれる。

「よっ、来たな、シャルロット様」

「うん、来たよ。ご機嫌よう、シンラ君」

今日のシンラ君の仕事はなんだろうと、カゴの中を覗くと大根と人参が入っていた。

わたしは出されていた椅子に座り、日向《ひなた》ぼっこをしながら彼の作業を眺める。

時折吹く風にシンラ君の短い前髪が揺れ、人参を剥《む》く真剣なサファイア色の瞳が見えた。

「そんなに見つめて、僕の顔に何か付いてる？」

あまりにも見つめすぎたのだろう、シンラ君の手が止まってしまう。

「シンラ君のサファイア色の瞳が綺麗だなって見ていたの」

「僕のサファイア色の瞳？」

なにげない答えだったのに、シンラ君は驚き、手に持っていた小型ナイフを落とした。

「シャルロット様は僕の瞳がサファイア色に見えるの？　パストさんは？　何色？」

「えーっと、赤茶色だったかな？」

答えたと同時に厨房《ちゅうぼう》の扉が開き、パストさんが出てくる。

「あれっ、シャルロット様、来てたの？　もうすぐお昼だよ。シンラ？　どうした？　顔色が悪いけど……どこか具合でも悪いのか？」

「いいや……パストさんちょっと来て」

二人はわたしから離れて、真剣な表情で話し始めた。遠くからパストさんの驚く表情だけが見える。

お昼の時間になり、仲良くなったメイドの子達――チャコちゃん達が来たので、二人に一声かけて調理場に入ったけど、シンラ君とパストさんは入ってこなかった。もしかして……変なことを言っちゃったのかな？

「どうかされましたか？　シャルロット様」

「いいえ、なんでもないです……」

ジャガイモを持ってきたコッホ料理長が声をかけてきた。なんとなく気になって見たところ、彼は赤色の瞳だ。考えながらひよこ豆をスプーンを口に運んだ……ん、美味《おい》しい。

「シャルロット様がひよこ豆を好きって嬉しいね。そうだ！　もう少しで竜人祭の時期だよね」

「竜人祭？」

聞き返すとチャコちゃんが大きく頷く。彼女は急いで口の中のものを呑み込み、話し始めた。

「そう、ひよこ豆の種蒔《ま》きの時期に、今年もたくさん採れますようにって、王都以外の町や村で、

「竜人様の格好をしてお願いするの。大人も子供もみんな角や尻尾をつけるんだよ」

なぬ、竜人様コスプレ⁇　わたしが興味を持つと、さらにお祭りのことを詳しく教えてくれた。

もうすぐお昼休憩時間が終わりというところで調理場の扉が開き、シンラ君とパストさんが入ってくる。二人は何事もなかったように食事をして、その日は用事があると帰っていった。

★　☆　★

引っ越しから何日か経ち、王城での暮らしにもだいぶ慣れてきた。

朝、玄関でシーラン様達に言う『行ってらっしゃい』や『お帰りなさい』が恥ずかしくもあり、心地良くもあり……わたしは幸せを感じていた。

「では、シャルロット、行ってくるよ」

「シーラン様、リズ様、リオさん、行ってらっしゃい！」

仕事へ向かうシーラン様達をいつものように見送ったわたしは、今日は書庫で図鑑を楽しむ他に、この国について本格的に学習しようと思っている。

自分の部屋でマリーの家事が終わるのを待って、彼女に着替えの手伝いをしてもらった。

「それでは、シャルロットお嬢様、私は王都へ買い物に出かけてまいります」

「はーい、マリー。気付けてね」

「シャルロットお嬢様もお気を付けください」

と、ここまではいつもの朝だった。ところが――

マリーを見送ってから書庫へ行こうと部屋を出た時に、待ち伏せをしていたクレア王子に腕を掴まれて、部屋の中へと連れ戻された。

「痛い！」

「やっと捕まえたぞ！　シャルロット嬢！」

「え？　ラスター殿下？」

「何故だ？　あの時、お前はどうして俺を選ばなかったのだ？　お前は七歳の時から俺のことが好きだったのだろう！」

どこまで自分勝手なの。それにしても、まさか王子がここに来るとは……油断をしていたわ。

「放して！」

わたしが一人になったところを狙うなんて、どんだけヘタレな王子なのよ。

そもそも、婚約といっても国王陛下とお父様の間で交わした口約束でしかなかった。それにあの時、わたしは、わたしだけを好きでいたいと言ってくれたシーラン様を選んだ。両親もわたしが竜人様を選んだことを喜んでくれた。

「放してください！　わたしはあなたのことなんて、なんとも思ってないわ！」

「そんなことはない！　十一歳の時に俺をモフカ嬢に取られると思って、モフカ嬢に嫌がらせをしたのではなかったのか？」

十一歳？　嫌がらせ？　それって、シャルロットがモフカに注意をしたこと？

「わたしはモフカさんに嫌がらせなどしていません！　ただ彼女に礼儀作法を指導しただけ。それを脚色したのは殿下とモフカさんです！」

「なんだと！」

「それに、あなたはわたしに優しく接することなど一切なかった。そんな人を誰が好きになるのですか！　自惚《うぬぼ》れないで！」

わたしは今まで溜まっていた鬱憤《うっぷん》も併せて勢いよく吐き出した。

「お、俺だって、お前なんかなんとも思ってはいない。しかし、モフカ嬢は男爵家の娘だから婚約者として認めてもらえないのだ。なあ、婚約者の友達として彼女を呼ぶことにするから、俺を選び直せ、シャルロット」

ちょっと待って、この人何を言ってるの？　モフカを誘いたいからわたしに婚約者になれですって？　どんだけ頭がお花畑のバカ王子なのよ！

「わたしは彼女を友達だなんて思ってもいないし、わたしは心優しいシーラン様を選びました。わたしの返事は変わりません！」

「シーランの話など、どうでもいい！　お前は俺の言うことさえ聞けばよい！」

「痛い！」

目を血走らせた王子が手首をいっそう強く掴み、壁の方へ詰め寄ってきた。男の握力に抵抗出来ない。

「やめて！　シーラン様！　助けて！」

「奴の名を口にするな！」

王子の振り上げた手がわたしに向かってくる。ぶたれる覚悟をして歯を食いしばった。

「そこまでにしろ！　クレア王子！」

わたしの側でシーラン様の声が響く。瞑《つぶ》っていた目を開くと、シャツにズボン姿で、魔力で風を纏《まと》ったシーラン様が、王子の振り上げた腕を掴んでいた。

「くっ、放せ！　この汚らわしい亜人族がぁ！」

「俺の大切なシャルロットに手を上げておいて、放すわけなかろう！」

シーラン様がクレア王子の腕を握る力を強めたのか、たまらず王子は顔を歪《ゆが》ませる。

「くっ！　貴様！」

「思い通りにならなくて悔しいですか？　あなたの自分勝手な行動で、どれだけシャルロットに悔しく辛い思いをさせてきたのかおわかりか？　今後一切、シャルロットには近付くな！　一人になったところを襲うとは、男として恥ずかしくはないのか！」

「うるさい！」

王子は暴れて、シーラン様の手を振り解いた。そして、腰の剣を抜く。

「亜人が人間様に、それも王族に説教するなどと！」

シーラン様は呆れ顔を浮かべていた。

「懲《こ》りない人だ。剣を抜いたからには、容赦はしない！」

シーラン様が王子に向けてかざした手から突風が吹き、王子の体を反対側の壁まで吹き飛ばす。

「ぐはぁ！」

王子はその場に崩れ落ちて大人しくなる。どうやら、壁に当たった衝撃で気を失ったみたいだ。

「シーラン様！」

ホッとして駆け寄り、彼の大きな背にしがみついた。シーラン様はその手を取り、背中側にいるわたしを胸の中に引き寄せて抱きしめる。

「シャルロット、大丈夫か？　怪我はないか？」

「はい、大丈夫です」

「君を危険な目にあわせたくなくて、ブレスレットをプレゼントしておいてよかった。離れていても何かあった時は俺が駆けつけられるように、危険察知と転送の魔法をかけてあるんだ」

「ありがとうございます、シーラン様」

「当たり前だ……シャルロットは俺の大切な人だからね、はぁ……よかった」

シーラン様が腕に力を込め、強く抱きしめられていっそう距離が近くなった。彼のため息にも似た呼吸が首筋にかかり、わたしの体を今まで感じたことのない衝撃が巡る。

「……んっ」

(な、な、何？　今の？　ゾクッとしてシーラン様の前で変な声が出ちゃった)

「シャルロット？」

「ちっ、違う、シーラン様、離して！　違うのー」

逃げようと体を動かしたけど、しっかりシーラン様の腕の中に捕まっていて逃げられなかった。

「ふぅん、シャルロットは首筋が弱いのかな？　それとも耳？」

近くでシーラン様の意地悪い声が聞こえる。

「そっ、そんなの知らない。あ、ダメです、シーラン様……そ、そんなに首に息をかけちゃ……んんっ」

「シャルロット……耳まで真っ赤だ。可愛い」

待って、待ってよ、シーラン様ぁーー！

……コンコン、コンコン。

「シーラン、お楽しみのところ悪いんだけど、俺もリオもいるからね！」

（なっ！）

ノックの音がして振り向いたところ、玄関にはリズ様とリオさんがいた。それなのにシーラン様は腕を離してくれない。

「嫌だ、兄上とリオはしばらく外にいてくれませんか？」

「はぁー？　なんだよ、急いで来たのに」

「そうですね、さっさと気絶したクレア王子を運ばないと大変なことになりますよ」

「……わかったよ。すぐに連れていくから少し持ってくれ。シャルロット嬢、手首を俺に見せて」

シーラン様に言われて手首を見せると、王子に握られた痕が赤く残っていた。その手を取ったシーラン様はそこに軽く口付けを落とす。

「シーラン様！？」

「これで大丈夫だ」

口付けをされた手首の痕は消えていた。でも、わたしの頬の熱はすぐには消えない。

「あ、ありがとうございます。シーラン様」

「また一段と頬が赤くなって可愛い。ごめん、治す時はそうしないといけないんだ」

「ほ、本当ですか……？　……いじわる……」

「フフ、では、兄上、リオ。クレア王子を連れていく前に、ここの警備を強化しよう」

そう言ったシーラン様は、わたしの棟の玄関と、ご自分の玄関に魔法をかけた。

「壁の修理は夕方に帰ったらするから。また後で、シャルロット」

そして彼は、気絶した王子を脇に抱えて出ていった。


シーラン様達がクレア王子を抱えていった数分後。ドサッと荷物が落ちる音がして振り向くと、買い物帰りのマリーが青い顔をして玄関に立っていた。

「おっ、お嬢様、これは何があったのですか？」

マリーが驚くのも無理もない。壁には王子がぶち当たった時に出来た穴があって、足元には忘れ物の物騒な剣。

「お帰り、マリー。荷物が落ちたようだけど大丈夫？」

「あっ、はい、ただいま戻りました……」

まだ動揺が消えないマリーに説明を始めた。

「少し前にね。ラスター殿下が部屋に押し入ってきて、シーラン様に助けてもらったの」

「殿下が!? お怪我はありませんか？ このようなことが起こるなんて、シャルロットお嬢様をお一人にして、申し訳ありませんでした」

何度も頭を深く下げるマリーを止める。

「落ち着いてマリー、わたしはどこも怪我をしていないし、壁だってシーラン様が戻ったら直すとおっしゃっていたわ。わたしは散歩にでも行ってこようかな」

「ダメです！ 今日はここにいてください！」

「わかったわ……」

マリーにこれ以上心配をかけたくないので、今日は部屋で大人しくすることにした。

夕方頃、ソファーで本を読んでいたら、コンコンとリビングの扉が鳴る。

「シャルロット、ただいま」

「お帰りなさい、シーラン様」

そうして仕事から戻られたシーラン様に、壊れた壁を直していただいたのだった。

★ ☆ ★

王子来襲からしばらくは、何事もなく平和に過ごしていた。

そんなある日、調理場の裏に行こうと馬車の停留場を通りかかったところ、停車していた一台の馬車よりフリルを盛りに盛った、子供のような黄色のドレスを着たモフカが降りてきた。セバスチャンが彼女に手を貸し、胸に手を当て深々と頭を下げる。

「モフカ様、よくいらっしゃいました。クレア王子がお部屋にて、ご到着をお待ちになっております」

「ふん、別に……クー様に会いたくて来たんじゃないし。呼ばれたから仕方なく来てあげたの。そこんところ、間違わないでよね」

クー様？　モフカは王子をそう呼んでいるのね。天真爛漫《てんしんらんまん》というか……距離が近い感じは流石《さすが》ヒロインね。

モフカの態度に、セバスチャンは珍しく困惑している様子だ。

「は、はい、そうですね。さあクレア王子の部屋まで案内いたしましょう」

ふふ、手こずってる。いくらベテラン執事のセバスチャンでも、モフカの相手は大変だろうに。

二人は城の中へ行ったかな？　周りを確かめて、わたしは馬車の停留場を抜けて調理場の裏に回った。

そうしてみんなとの楽しい昼食を終えて、書庫に向かうと、管理席にセーリオさんがいた。彼はわたしを見るといつものように図鑑を出してくれる。

「シャルロット様はこの図鑑に飽きませんね」

「飽きないわよ、まだまだ楽しめるもの！」

実際はほとんどスライムのページで止まり、他のページをじっくりと見ていない。魔法陣が綺麗で、それを眺めているだけの日もある。

「他に読みたい本がありましたら、遠慮をせずに言ってくださいね」

「わかりました、そうだ、セーリオさんに頼みたいことがね――」

その時、言葉がかき消されるほどの勢いで、書庫の扉が乱暴に開いた。

振り向くと、わたしの幸せな時間を壊すあの子――モフカがそこにいる。

なぜ、王子と一緒にいるはずのあなたが書庫に？

驚きを隠せないでいる私を横目に、書庫管理のセーリオさんはモフカに頭を下げて声をかけた。

「すみませんが、書庫の扉を乱暴に開けてはなりませんよ」

ところが彼女は、優しく注意をしたセーリオさんを睨む。

「はあ？　別にいいの。この王城にある本はすべて、わたしのものになるんだから！」

また、わけのわからないことを言い出した。彼女はズカズカと書庫に入ってくると、わたしが見ていた図鑑に視線を向けて大声を上げる。

「あっ！　それはヒロインであるあたしのための図鑑よ。なんで関係のないあんたが見てんのよ、こっちに寄越しなさい！」

意味不明なことを喚《わめ》き、机に座るわたしを押しのけて、モフカは厚さが十センチ以上もある図鑑を片手で持ち上げた。

「この図鑑さえあれば次のフラグが立つ。シーランはあたしのものになるのよ、遂にやったわ！」

モフカは図鑑を片手に不敵に笑い、わたしを睨みつけながら言った。

「さあ、シャルロット。早くシーランをあたしのもとに呼んできなさいよ、あなたはどうせ、これから先はこの物語と関係ないんだし、シーランとは絶対に結ばれやしないんだから、諦めなさい！」

分厚い図鑑を振り上げたモフカは、「シーランと結ばれるのはヒロインである、このあたしなのよ」と嘲笑《あざわら》う。

シャルロットはゲームの悪役令嬢だから、ヒロインの自分とは違い、シーラン様と結ばれることはありえないとでも言いたいのだろう。

「ほらっ、シャルロット、早くしなさいよー！」

「シーラン様は呼ばないわ！」

王子は何をしているの？　舞踏会の時と同じくまた放置？　お気に入りのモフカをお城に呼ぶだけ呼んで野放しにしないでよ！

「話の通じない奴ね。早く呼べって、ヒロインが言ってるのよ。呼ぶのが当たり前じゃない！」

興奮したモフカは図鑑を振り回した。

「あーっ、やめて！　モフカさん、図鑑に傷がつくわ」

「いいの、これはあたしのための図鑑だから」

制止を聞かず、ぶんぶんと振り回すモフカに困ってしまう。それは国のものであって個人のものではないのに。モフカはわたしの慌てぶりを勘違いしたのだろう、バカにするみたいに言う。

「あはっ、何焦《あせ》ってんの？　あたしにシーランを取られそうでビビったの？」

「違うわよ！」

彼女はニヤニヤ笑いながら、図鑑を掴んだまま離そうとしない。隙を見て手を伸ばし図鑑を奪い取ろうとしたけど、素早く図鑑を振り上げ、ギロッと睨まれた。

「何をするのよ。シーランとのフラグに必要な図鑑を奪おうとするなんて、やっぱり焦《あせ》ってんじゃん」

違わないけど、違う！

「シーラン様は忙しい方なの、わざわざ会いには来ないから！」

「はあ？　あなたちゃんと耳がついているの？　あたしが会いたいって言っているの。あたしが呼べばシーランは何がなんでも会いに来るに決まっているじゃない！」

胸を張り、自信満々のモフカに驚くしかなかった。図鑑を巡ってわたしと彼女の睨み合いが続く中、怒りを含んだ低い声が書庫の中に響く。

「シーラン王子は、あなたなんかに会いに来ませんよ」

今まで黙って見ていたセーリオさんが、眉をひそめモフカへ冷静に言った。

「いい加減にしたらどうですか？　ここは書庫です、お静かにお願いいたします」

「うるさい！　ヒロインのあたしに命令をするな！」

「あなたは先程からなんなのですか？　書庫の扉は乱暴に開けるわ、シャルロット様を突き飛ばし、ご覧になっていた図鑑を取り上げるわ。その挙げ句にシーラン王子を呼べなど、何をわけのわからないことを言っているのですか！」

「うるさい、うるさい。お説教なんてうんざりなの！」

モフカにはセーリオさんの説教も効かない。彼を見ながら軽く手を振り、かえってバカにするような発言をした。

「あーっ、やだ、何を真剣に怒ってんの？　ぷーっ、あんたは攻略対象じゃなくて、ただのモブなんだから興味ないの。モブはあっち行きなさいよ、シッシッシ！」

「……攻略対象？　モブ？」

聞き慣れない言葉を聞き、セーリオさんは困惑している。そんな彼にそっと声をかけた。

「セーリオさん、あの子の言うことを気にするだけ無駄ですよ」

「ええ、そのようですね。正直少し疲れました」

わかる、疲れるよねー……何を言っても、モフカにわたし達の言葉は伝わらない。

「さあ、早く。聖女のモフカが呼んでるって、シーランを呼んできてよ！」

聖女かー……ゲーム通りなら、彼女は聖女なんだと思うけど……聖女っていったら、もう少し尊いものではないの？

モフカがもう一度図鑑を振り上げた時、書庫の中で風が吹く。それは先日の王子の時と同じ風だった。

「シャルロット、マリーさんから書庫にいると聞いたから迎えに来たぞ。図鑑は見終わった？」

「シーラン様……それが」

「あーっ、シーラン！　あたしに会いに来てくれたぁ」

モフカはシーラン様を見つけると、図鑑ごと体当たりをしようとして、さらりと躱《かわ》される。シーラン様はわたしの腰に手を回した。彼はモフカを無視して、笑って言う。

「俺は少し怒ってる。今日は仕事が早く終わったのに、シャルロットからのお帰りの一言がなかったからね。早く帰ってお茶にしよう」

「はい、シーラン様」

「持って、シーラン、これを見て！　これを見たら何か思い出さない？　一緒にここで、この図鑑を見たじゃない！」

モフカは必死に図鑑をシーラン様に見せた。しかし、シーラン様は知らないとばかりに首を横に振る。

「すまない。やはりあなたは誰かと勘違いをされている。舞踏会でも言ったはずです。あなたとはお会いしたことはありません」

「そんなはずない！　これよ、この図鑑だよ」

「俺は初めて見る図鑑です」

「嘘よ、嘘！　またどこかでフラグの回収をし忘れたのかな？」

混乱したモフカは頭を抱えた。その手から図鑑が滑り落ちる。わたしはシーラン様の腕の中からすり抜けて必死に手を伸ばした。どうにか図鑑の下に手を滑り込ませ、それを胸に抱いて床に転がる。

「いてて……」

（よかった、落ちる前に拾えた）

喜んでいたら、怖い顔をしたシーラン様とセーリオさんが駆け寄ってきた。

「シャルロット、君は何をしているんだ、怪我はしていないか？」

「大丈夫ですか、シャルロット様！」

「はい。お二人とも心配をかけてごめんなさい。でも、この図鑑はわたしにとって大切なものなの。モフカさん、あなたはこの図鑑が大事じゃないの？　乱暴に扱わないで！」

「うるさい！　あたしの本をどう扱おうが勝手でしょう！」

言い合いが始まったところで書庫の扉が開く。誰だと見ると、開かれた扉の向こうには腕を組み、赤のジュストコールを着た王子がいた。

「捜したぞ！　ここで何をしている、モフカ嬢！」

城の中をあちこち捜し回っていたのか、少し息が上がった彼は機嫌が悪そうな顔をしている。

「ねぇ、クー様、聞いてよ。シャルロットがまたあたしをいじめるの」

さっきまでの素の話し方とは違い、猫撫で声を出して自分のもとに駆け寄るモフカを、王子は抱き寄せた。

「そうか、またいじめられたのか？　シャルロット嬢、貴様！　なぜモフカ嬢をいじめる！」

この状況でよくそんなことが言えるわね？　わたしが唇を噛んだのを見て、シーラン様が声を上げた。

「クレア王子、シャルロット嬢は何もしていませんよ。逆です。その子がシャルロットをいじめていた」

「そんなことないわ、シーランも見ていたでしょう。シーランと仲良くするあたしを見て、あの子が図鑑で殴りかかってきたの！」

途端、王子が怒鳴り声を上げる。

「そうなのか、シャルロット嬢！」

嘘ばっかり……嘘つきヒロインとお花畑王子の相手はもういい。うんざりしたわたしは王子を見据える。

「どうせラスター殿下はわたしが真実を言っても、信じてはくれませんよね」

「そうだな、二人には何を言っても話が通じない。シャルロット、部屋に戻ろうか」

「ええ、シーラン様。セーリオさん、ご機嫌よう。この図鑑は借りていくわね」

「はい、シーラン王子、シャルロット様」

「逃げるのか、シャルロット！」

シーラン様に肩を抱かれてすぐ、わたし達の周りに風が舞う。転送の魔法だ。わたし達が消える前にシーラン様が言う。

「せっかく俺があなたのためにと、その子を王城に呼べるようにしたのに、結果はこれですか？　……まったく話にならない」

「待て、それはどういう意味だ。詳しく教えろ、シーラン王子！」

「シーラン行かないで、あたしも連れていって！」

王子とモフカの叫ぶ声を背に、わたし達はその場から消える。転送されて着いた先はシーラン様のリビングルームだった。ソファーでダラーッと寛《くつろ》いでいたリズ様が驚いて飛び跳ねる。

「おっ、お帰りシーラン、シャルロットちゃん」

「リズ様、ただいま戻りました」

「ただいま、兄上。シャルロット、図鑑を拾い上げた時に怪我をしただろう？　治すから見せてみろ」

「ここで？」

そうだと頷くシーラン様に、わたしはテーブルに図鑑を置き、おずおずとワンピースの袖とスカートをめくった。

「やはり肘と膝に擦《す》り傷と、脛《すね》にアザが出来ている……無茶をしたな」

「ごめんなさい……でも」

「わかってるよ、図鑑が大切なんだろ。だが俺はシャルロットも大事なんだ。あまり無茶をしないでくれ」

「そうだよ、シャルロットちゃん」

二人に諭《さと》されて頷く。

「シャルロット、兄上の横に座って」

言われた通りソファーに座ると、シーラン様はわたしの前に膝をつき、傷に手をかざして回復魔法を唱えて治してくれた。

「これでよし。さあ、お茶の時間にしょうか」

わたしはソファーから立ち上がり、マリーを呼んでお茶をお願いする。お茶を待つ間、シーラン様に見てもらおうと、ソファーに戻って図鑑をめくりスライムの映像を出した。

「シーラン様には見える？」

「うん、でも動く姿は初めて見たよ……相当研究されて作られた図鑑だな……どういう仕組みになってるんだ？」

「……ふわぁっ、何が？」

欠伸《あくび》をしていたリズ様も図鑑が気になったみたいだ。興奮気味のシーラン様がリズ様に伝えた。

「これを見てください、兄上」

「何々？」

興味が湧いたのか、リズ様が図鑑を覗く。

「うわぁぁぁー、なんだこれは！」

急に動いたスライムに驚き、リズ様がソファーから滑り落ちた。

「いてて、スライムが急にプルルーンって動いたぞ」

目をまん丸にしたリズ様の様子を見て、笑うのを我慢できなかった。口元を押さえたけど……

「ぷっ、ふふふ、わたしはこのスライムの動きが好きなの！　プルルン、ぷるぷるって動くんだもの」

「ああーびっくりした。くっくっ、面白いな。こんな図鑑を見たのは初めてだよ」

リズ様は笑いながら座り直す。

「シーラン、次のページは何？　早くめくれ」

「うんうん、早くめくって」

「こら、二人とも、そんなに慌てるな」

そうしてわたし達はマリーの淹《い》れてくれたお茶もそこそこに、図鑑を前にして笑い声を上げていた。


しばらく経ってリオさんが戻り、マリーとキッチンで夕飯の支度を始めた。わたしとシーラン様とリズ様は変わらず図鑑に夢中。

「魔法陣にモンスターの映像が映るなんて、不思議な図鑑だな！」

「ああ、面白いよなー」

そう言うシーラン様とリズ様は、食い入るように図鑑を見ている。

「そうだ、シーラン様とリズ様はルーン文字が読めますか？」

わたしは図鑑を楽しむ二人に、ルーン文字を指差して聞いた。

「これか。兄上と一緒に一応は習ったことがあるが……俺は時間をかければ読める」

「俺はその勉強の時に寝てたから全然無理だな……そうだ、リオならスラスラ読めるんじゃないのか？　あいつ、結構難しい本を読んでるから」

「本当？　わたし、この文字が読めるようになりたいの。リオさんに教えてもらえるかな」

リズ様はわたしの言葉に頷くと、キッチンにいるリオさんを呼んだ。

「はい。なんでしょうか？　リズ様」

出来上がったばかりの料理をトレーに載せて、リオさんがキッチンから出てきた。彼は先にダイニングのテーブルに料理を並べ、わたし達がいるソファーの近くに歩み寄る。

「リオさんはこのルーン文字が読める？」

図鑑のルーン文字を指で指すと、彼は微笑んで頷いた。

「ええ、読めます。教えることも出来ますよ」

「やったー！　教えて！　リオさん」

喜ぶわたしの横でシーラン様も声を上げる。

「リオ。俺も、もう一度ルーン文字を習いたい！」

一方、リズ様は「俺は無理、無理」とソファーに寝転んだ。それを見て、リオさんは苦笑する。

「リズ様もシーラン様やシャルロット様とご一緒に、もう一度勉強をされた方がよろしいのでは？」

「無理だ。俺はパス！　二人の横で横になって見学してるー」

諦めモードのリズ様は放置で、明日の夕食後から、シーラン様と一緒にリオさんからルーン文字を習うことになった。


モフカ襲撃からしばらくは、また変わらない日常を過ごしていた。

「シャルロット様、ごめんね」

「またねー」

今日のお昼の後、シンラ君とパストさんは用事があると帰っていった。わたしも書庫には寄らず部屋に戻り、夕飯までリビングで寛《くつろ》ぐことに。

夕方を過ぎて薄暗くなる部屋の中、マリーが火打ち石で部屋のランプやシャンデリアのロウソクに火を灯した。

「シャルロットお嬢様。そろそろ夕飯の時刻になりますので、準備に行ってまいります」

じゃあ、わたしもシーラン様の部屋で図鑑を見ながら待つかな。そう考えてソファーから立ち上がると同時に、シーラン様の部屋からものが倒れたような、大きな物音が聞こえた。いつの間にか、帰ってきていたのだろうか。

「シーラン様!?」

「シーラン、大丈夫かー!」

シーラン様の名前を呼ぶリオさんとリズ様の声が壁越しに聞こえ、わたしは慌ててシーラン様側の扉を開けた。

そこでは血の気の引いた青い顔をしたシーラン様が、リオさんとリズ様に支えられていた。二人がかりでシーラン様を抱えてベッドに寝かせる。わたしも彼の側に行き、額《ひたい》と額《ひたい》をそっと触れ合わせた。

「少し熱があるわ。冷たいお水とタオルを用意しないと。あと、薬か……何か柔らかい食べ物がありますか?」

「では、私はシーラン様の目が覚めた時に、何か食べられるものを用意してきます」

リオさんはマリーを呼んでキッチンに向かう。

「じゃあ俺はタオルを用意してくるね。シャルロットちゃんはシーランの側にいてやってくれる？」

「はい、わかりました」

わたしは近くにある椅子を動かして、シーラン様のベッド脇に座った。眠るシーラン様は時折、胸元を押さえて苦しげな息を吐く。

「……クッ……はぁっ……はぁ……うっ」

「シーラン様、大丈夫？」

「……っ……んっ……その声はシャルロット、か？」

「そうです、シーラン様」

シーラン様の手が伸びてきて、力なくわたしの頬を撫でた。

「ああ、シャルロット。もっと、俺の近くに来てくれ……」

伸ばされた手を取り、ベッドの脇にかがむ。

「近くに来ましたよ……きゃっ、シーラン様!?」

急にシーラン様に強い力で引っ張られて、わたしは彼の胸の上に倒れ込む。すると、逃さないとばかりにわたしの腰にシーラン様の腕が回り、抱きしめられた。

「ああ、シャルロットの甘い香りがする」

「ちゃんと寝てください。シーラン様！」

「嫌だ、このまま俺の側にいてくれ……シャル……ロット、頼む」

シーラン様は苦しげな吐息交じりに名前を呼び、わたしを胸に抱きしめたまま眠る。しっかり腰に回された腕を外せない……。そろそろ、タオルを取りに行ったリズ様がこの部屋に戻ってきてしまう。

そう考えた矢先にコンコンとノックされて、部屋の扉が開いた。

「シャルロットちゃん、タオルを持ってきたよ」

「リズ様、ありがとうございます」

いつものように茶化されるのを覚悟したけど、リズ様はそんなことせずに、タオルをシーラン様の額《ひたい》に載せて眉をひそめた。

「ごめんね、シャルロットちゃん。そのままシーランと一緒に寝てあげて」

「……わかりました」

返事をすると「シーランをよろしくね」と言い残したリズ様は、静かに扉を閉めて出ていった。

シーラン様と二人きりになった部屋で、わたしは広い胸に抱きしめられながら、彼の温かい体温を感じている。その温かさはわたしに移り、いつの間にかシーラン様の上で眠ってしまった。

「……んっ」

ブルーの天蓋《てんがい》がついたふかふかなベッドで目が覚めた。わたしの部屋ではない。それに近くで優しい香りがする……この香りはシーラン様だとわかり、慌てて顔を上げた。わたしよりも先に目が覚めていたのか、彼は横で肘を突きわたしの髪を撫でていた。

「シャルロット、起きたね。よく眠れたかな？」

「はい、たっぷり寝ました……おはようございます、シーラン様」

「たっぷりか……ははっ、おはよう」

シーラン様が笑ってる……そうだ、昨日は熱があったはず。

「体はどうですか？　熱は下がった？」

焦《あせ》って体の調子について聞いたけど、シーラン様は落ち着いた様子。

「んー、熱は下がったかな？　シャルロットの看病のお陰だね」

「わたし、シーラン様の上で寝ていただけなのに？」

「うん、君の寝姿や、おでこコツンが効いたかな？」

おでこコツン？　それが何かわからなくて、首を傾げて彼を見上げたところ、彼は意地悪く笑った。

「シャルロットが昨日してくれたみたいに、もう一回やって？」

「え、ま、待って、シーラン様」

「待たない」

近付く体温に再び彼の香りを感じて目を瞑《つぶ》る。その直後にコツンとわたしのおでこにシーラン様のおでこがくっつく。しばらくして離れると、シーラン様はわたしの顔を覗き込んだ。

「どう？　俺の熱は下がった？」

彼の悪戯《いたずら》っぽい、サファイア色の瞳が私を見た。

「き、昨日よりは下がったかと」

「そう、俺にはわからなかったから、もう一回」

そう言うとシーラン様がおでこをまたくっつける……もう、これ以上は無理。

「わ、わたし、朝の支度があるので部屋に戻ります」

慌ててベッドを抜け出した。途端、背中越しに「くくっ」と笑うシーラン様の声が聞こえる。

シーラン様……わたしをからかったんだ。

「もう、シーラン様の意地悪」

そうして楽しげに笑う彼の部屋を後にする。

出てすぐのリビングルームのソファーでは、リズ様がコーヒーを飲んでいた。

「おはようございます、リズ様」

「シャルロットちゃん、おはよう」

リズ様の目の下にクマが出来ている。きっと一晩中、ここでシーラン様を心配していたんだ。

「シャルロットちゃん、シーランの様子はどう？」

「熱は下がりました。体の調子もよさそうでしたよ」

そう伝えると、リズ様は驚いたようだ。

「えっ、熱が下がったの？　で、シャルロットちゃんは？　どこか辛いところとかない？」

リズ様は何故かわたしの体の心配してくれた。

「ぐっすり眠れたので元気いっぱいです。わたしよりもご自分の心配をしてください」

「俺は大丈夫だよ」

「ダメです。リズ様、目が真っ赤ですよ」

ソファーに座るリズ様に近付くと、彼は慌てて立ち上がる。

「わ、わかった、シーランを見たらすぐに休むからね」

「はい、そうしてください」

リズ様はそのままシーラン様の部屋へと入っていった。わたしはそれを見てから自分の部屋に戻り、寝室の扉を開けてベッドで仰向《あおむ》けに転がった。

「よかった……シーラン様の熱が下がって」

しばらくして、寝室の扉を叩く音がする。それに返事をするとマリーが扉越しに話し始めた。

「おはようございます、お嬢様。お部屋にお戻りになったのですね」

「ええ、マリー、おはよう」

「では、朝の準備とタオルをご用意いたしますね」

少しあってからもう一度ノックの音がして、マリーがタオルを持って部屋に入ってくる。

「シーラン様のお加減はどうでしたか？」

「熱は下がったし、顔色もよくなっていたから大丈夫だと思うよ」

「それはシャルロットお嬢様の看病が効いたのですね」

「そうかな？　そうだったらいいな」

「絶対にそうですよ」

マリーは優しく微笑むと、クローゼットから襟元に白いリボンがついた草色のワンピースを出した。次にドレッサーの前で髪をふわふわおさげにして、小さな白い花の髪留めをつけてくれる。

「シャルロットお嬢様。私は朝食の準備に行ってまいります」

「はーい」

マリーが部屋を出た後に、わたしも寝室を出てリビングのソファーに座った。胸にベルベット生地のクッションを抱える。

時折「むふふっ」と胸にこみ上げてくる恥ずかしいような、こそばゆいような感情に悶《もだ》えてしまう。やがてコンコンとリビングルームの扉が叩かれて、シーラン様の声が聞こえた。

「シャルロット、朝食が出来たよ」

「はっ……はい」

その声に緊張しながら返事をする。それから扉を開け入り口で止まり、スカートを持ち上げて朝の挨拶《あいさつ》をした。

「おはようございます、シーラン様、リズ様、リオさん」

「おはよう、シャルロット」

「シャルロットちゃん、おはよう」

「おはようございます、シャルロット様」

ダイニングのテーブルにはシーラン様とリズ様が座っていて、二人に遅れて奥のキッチンからリオさんの声が聞こえた。

わたしはシーラン様とリズ様の前に座る。

「シーラン様は起き上がっても大丈夫なの？」

「ああ、すごく調子がいいよ」

「本当に調子がよさそうだな。いつもだと丸一日は起き上がれないのになぁ。……くっくっ、不思議だねシャルロットちゃん」

わたしを見つつ、リズ様が何か言いたげに笑う。

「なんですか？　リズ様は何がおっしゃりたいの？」

「いやぁ、いい人が出来るっていいなぁーって思ったんだ」

……いい人？

「ああ、俺も欲しい。シャルロットちゃんみたいな可愛い子が」

片肘をテーブルについて、じーっと赤茶色の瞳をわたしを向けているリズ様。

「兄上は他の方にしてください。シャルロットはダメです」

「そうだよねー、残念だ。くっくっ」

絶対に残念なんて思っていない顔だ、ニコニコ笑うリズ様は両手で自分の体を抱きしめた。

「あー、羨《うらや》ましいなー。シーランってば幸せそうな寝顔だった。俺も誰かを抱きしめて一緒に眠りたい！」

「リズ様！」

「兄上、見たのですか！」

それは、タオルを持ってきた時のこと？　それとも一緒にベッドで寝ていた時も様子を見にきたとか？　焦《あせ》るわたし達をリズ様は楽しそうに茶化す。

そこに朝食が運ばれてきた。今朝のメニューはハムとチーズのホットサンドとサラダ。料理を持ってきたリオさんはリズ様の前に皿を出しながら諭《さと》すみたいに言う。

「リズ様、からかってはダメですよ……リズ様だってシーラン様が心配で、一晩中リビングのソファーにいたでしょう」

「おい、リオ！　それは言うなって！」

「本当ですか、兄上」

「……そんなの当たり前だろう、お前はいつも無理をしすぎて倒れてるんだ。それなのに俺は何もしてやれない。心配することしか出来ないんだから」

「……兄上」

「そうですよシーラン様。いくら体の調子がよくてもあんな無茶はおやめください。これからは私達だけではなく、シャルロット様も悲しみますすよ」

リオさんにわたしの名前を出されて、シーラン様は息を呑む。

「心配したんだからね、シーラン様」

「すまない……昨日は体調がよくて無理をした。みんなにも相当な心配をかけてしまった。すまない」

彼はわたし達に頭を下げた。それを見て、わたしは努めて明るく返す。

「本当ですよ……そうじゃないとリオさんの言う通り、泣いちゃいますからね」

「ああ、わかった。無理はしない」

「じゃあ、約束ですからね」

シーラン様は頷き、みんなと約束をしたのだった。


その夜、夕飯の後。リズ様がソファーで寝転ぶ前で、わたしはテーブルにシーラン様と並んで座り、図鑑でルーン文字の勉強を始めた。

教師役のリオさんは、ルーン文字初心者のわたしが覚えやすいようにと、スライムのページから教え始めてくれている。

「シャルロット様、シーラン様。これで『ス、ラ、イ、ム』と読むのです」

ノートにペンを走らせるわたしに一文字ずつ教えるリオさん。文字として覚えるのではなく、その形を覚えた方がいいのかも。

「はい、ス、ラ、イ……ム」

次にスライムの特徴が書いてあるページも、わかりやすいようゆっくり読んでくれた。

「スライムは粘性《ねんせい》でドロっとしている。スライムの中には毒、麻痺《まひ》の特殊能力を持った個体もいると書かれていますね」

「スライムに特殊能力？　ただぷるぷるしているだけじゃないんだ。毒と麻痺《まひ》なんて結構強そう。シーラン様やリオさんは本物のスライムを見たことがあるの？」

二人は首を横に振る。

「俺はないな。スライムって暗い洞窟とかダンジョンにいるんだろう？」

「そうですね、冒険者でなければ、なかなか見る機会はないでしょうね」

冒険者になるには、ギルドに登録するんだったかな？　そんなことを思い返していたら、リオさんに尋ねられた。

「シャルロット様、他のページもご覧になられますか？」

「うん……あ、そうだ、一つ聞きたいことがあったの」

わたしは図鑑を何ページかめくり、とある草を指す。前に図鑑を何気なく眺めていた時に見つけた。

「リオさん、シーラン様。この草は薬草とか呼ばれていない？」

「ええ、これはクラル草という薬草ですね」

「でしょう！　そうだと思ったんだー。この草がクラル草かー」

ファンタジーゲームで、見覚えのある壺に入っている草。葉が細長い薬草。

「シャルロット様……これは体力を回復する貴重な薬草です。ただの草ではありませんので、これからはクラル草と呼びましょう」

「ぷぷぷっ……シャルロットちゃん、草、草、言いすぎだよ！」

「リズ様、大丈夫、わかってます。貴重な草……あっ」

「ははは。大丈夫じゃないよ。シャルロットちゃん！」

第一回リオさんのルーン文字講座は、リズ様の大笑いで終わった。

★　☆　★

シーラン様と暮らし始めてから一ヶ月が経ち、陛下に現状報告をする日がきた。わたしは王の間に行くシーラン様達を見送る。マリーは朝食の後片付けを済ませて、部屋の掃除と洗濯をすると言ってわたしの棟へと戻った。

わたしはシーラン様の部屋に残り、ソファーに腰かけて図鑑とノートを開いた。あれから、リオさんによるルーン文字講座も第五回まで開催され、わたしはルーン文字で書かれた、ほとんどのモンスターの名前が読めるようになった。

今日は最近お気に入りの、緑色の魔法陣に触れる。魔法陣が光り、男の人か女の人かわからない美しい容姿の人物が現れた。エメラルド色の瞳、白銀の綺麗な長い髪に長身、尖った耳。映像の人物は瞳の色と同じエメラルド色の弓を装備している。手に弓を持ち、それを構える仕草を繰り返した。

「エルフって綺麗ねぇ」

ゆっくり眺めてから、エルフを消してページをめくる。次はお髭《ひげ》がもこもこで、丸いフォルムの小さなおじさんの絵。

「これは、ドワーフ」

鎧《よろい》を身につけて、右手には大きな戦斧《せんぷ》を持っていた。剣や盾などの鋳造《ちゅうぞう》や工芸技術を持つ種族だそうだ。それからもオーク、ユニコーンに竜人様……とめくる。そしてドラゴンのページを開いた。

その下の魔法陣に触れると黒い光が放たれて映像が浮かび上がる。図鑑の映像ながら、天井画やゲームの画面で見ていたものとは違い、ドラゴンは迫力があった。

ドラゴンは頭を持ち上げ息を吸い込み、その頭を下ろす瞬間に大きな口を開けて、口から火を吐き出した。

「ひゃあ、ドラゴンが火を吹いたー！」

驚きと迫力で目を隠したけど、図鑑の映像だから本当は火なんて吹いてはいない。その動作と別のある動作を繰り返すだけだ。でも、迫力があったからドキドキしてしまい胸を撫で下ろす。

その時、どこからか笑い声が聞こえた。

「ふふ、シャルロットは楽しそうだな、兄上」

「くっくっ、本当にそうだねー」

「シャルロット様、今日は何をご覧になっているのですか」

陛下への報告会が終わり一旦戻ってきたのか、シーラン様達三人が玄関に立ちわたしを眺めていた。

「シーラン様、リズ様、リオさん、お疲れ様です。陛下は何かおっしゃっていました？」

「いいや、いつもの報告の他には……とはいえ陛下にも困ったな。相も変わらず何か必要なものがないかって、しつこく聞いてくる」

必要なものは揃っているのに、あれはいらないか？　と尋ねてくるし、ちょっと傷が入ったり壊れたりしたものはすぐによいものに買い換えろと言うらしい。多分、これを機にお父様のお金で王城を綺麗にしたいのだろう。

三人は少し休んでから仕事に行くということで、リオさんがキッチンで紅茶の準備を始めた。

シーラン様とリズ様は着替えのために部屋へ入る。戻ってきたシーラン様は、わたしの隣に座り図鑑を覗いた。

「これはドラゴンか……じゃあ、今ここにドラゴンの映像が出るのかい？」

そうだと頷いていると、着替えを終えて、部屋から出てきたリズ様も正面に座った。

「何々、ドラゴンだって？」

「今、魔法陣の上に見えているみたいなんだけど、俺には見えない」

「ふーん。シーランに見えないんじゃ、俺では到底無理そうだな」

シーラン様とリズ様も見えないんだ。見える見えないの基準はなんだろう？

あ、ドラゴンの映像の下にルーン文字で何か書いてあった。他のモンスターの映像の下には書いてなかったのに。

わたしはそれをノートに書いて、隣に座るシーラン様に見せる。

「シーラン様、このルーン文字が読めますか？」

ノートに書き写したルーン文字を、シーラン様は一文字ずつ指差して読もうとしてくれた。

「……この……ドラゴンの……映像が……見えた者に……すべてを……託す」

「このドラゴンの映像が見えた者にすべてを託す？　何をでしょう？」

「シャルロットに何かを託したのか？」

わたしとリズ様は首を傾げる。改めてドラゴンのページを見たけど、答えは見つからなかった。

「皆さん、なんの話をしているのですか？」

「あ、リオさん。図鑑の映像にルーン文字で、『ドラゴンの姿が見えた者にすべてを託す』と書いてあるの！」

キッチンから紅茶を淹《い》れて持ってきたリオさんは、テーブルに紅茶を置きながら図鑑を覗く。

「この魔法陣のところには、ドラゴンの映像が出ているのでしょうか？」

「ええ、シーラン様とリズ様には見えないと言われたの。リオさんはどう？」

「私にもドラゴンの姿は見えませんね」

何故かわたしだけが見えるドラゴンの映像。

リオさんは部屋にかかる柱時計を見て、図鑑を覗いているシーラン様とリズ様に声をかけた。

「リズ様、シーラン様、時間です。図鑑のことは帰ってから詳しく調べましょう」

みんなは慌てて出ていく。その姿を玄関で見送った後、私はソファーへ戻りドラゴンを見た。

三人には言わなかったけど、このドラゴンは火を吹く動作の後に、首を曲げて誰かに頬ずりしている。それはまるで愛《いと》おしい者にするかのような仕草だった。

『ドラゴンの姿が見えた者にすべてを託す』

何を託すかはわからないけど……前に書庫でモフカが、この図鑑があればシーラン様とのフラグ

が立つと言っていた。だったらモフカにも、このドラゴンの姿が見えるのだろうか。

モフカなんかに図鑑のドラゴンが見えなければいいのに！　と思ってしまうわたしは、なんて悪い子なんだろう。

ため息をつきつつ魔法陣を触りドラゴンの映像を消した。ルーン文字の復習をしようと思ったけど、身が入らず……図鑑を閉じる。

その時、リビングの扉がコンコンと叩かれた。マリーの焦《あせ》ったような声が聞こえたので、ソファーから立ち上がり、リビングの扉を開ける。

「どうしたの、マリー？」

「今しがた王子の専属執事のセバスチャンさんがいらっしゃいました。明日の午後に、クレア王子が大庭園でシャルロットお嬢様と会いたいそうです」

「ラスター殿下が、大庭園でわたしに会いたい？」

（……王子がわたしに会いたいだなんて……嫌な予感しかしない）

後で夕飯の時にこの件をシーラン様に伝えたところ、彼も同じことを思ったらしい。

「クレア王子か……嫌な予感がするな」

リズ様やリオさんも困った表情を浮かべている。シーラン様は少し考えた後で口を開いた。

「午後からなら、俺もついて行こう。何かあってからでは遅い」

そうして、シーラン様がついてきてくれることになった。

次の日。午後からラスター殿下に呼ばれているからと、朝食の後すぐに調理場の裏へシンラ君に会いに行った。しかし、裏口の扉の付近には誰もおらず、ジャガイモの入ったカゴと、二つの椅子が向かい合わせに置いてある。

「シンラ君……ジャガイモを剥《む》く途中で呼ばれたのかな？」

椅子に座って待とうと近付いたところ、その近くに黒くて丸い物体が転がっていた。

もぞもぞと動く物体を、わたしは両手で持ち上げる。

(何これ？)

よく見たらそれは生き物だった。爬虫類《はちゅうるい》のような顔に角が二本、背中には小さな翼、お尻には尻尾がついている。図鑑に載っていたドラゴンがミニサイズになったような感じだ。ドラゴンの子供かもしれない。

「なんで、こんなところに子供のドラゴンがいるの？」

『クー？』

小さく鳴いた声があまりに可愛くて、強く抱きしめた。子ドラゴンも鉤爪《かぎづめ》でわたしの胸にしがみつき、くっついて離れない。

やがて、そのまま目を瞑《つぶ》り、眠ってしまった。

わたしの胸で眠る可愛い子ドラゴンが他の人に見つかったら、騒ぎになりそうだ。この子を隠す？　どこに？　どうしようかと慌てていたら、調理場の扉が開きパストさんが出てきた。

「シンラ、ジャガイモを剥《む》いたか？　あれっ、シャルロット様？　ここにシンラがいなかった？」

「ご機嫌よう、パストさん。ここに来た時にはいませんでした」

「そっか……シンラの奴、黙ってどこに行ったんだ？」

「あの、パストさん、この子なんですけど」

パストさんや調理場の人達なら大丈夫だろうと思って話しかけると、彼はこちらを二度見した。

「ん、ああー？　こ、子ドラゴンってなんだ？　どこにいる？」

私はまだそこまで言っていないのに、子ドラゴンと口にして、明らかに動揺している。

「パストさん、この子……」

「ああー、ごめん、シャルロット様。俺、コッホ料理長に呼ばれていたんだった」

彼は話を中断して、慌てた様子で調理場の中に入っていた。

「変なパストさん。子ドラゴンを見て慌てていたけど……まあいいか、勝手にジャガイモも剥《む》いちゃうからね」

ぽかぽか陽気の中、わたしはシンラ君の仕事であるジャガイモの皮剥《む》きをのんびりとした。胸には、気持ちよさそうにすやすやと眠る子ドラゴン。

「君は、大人しいね」

『クーッ』

そうしているうちにシンラ君が戻ってくるかもと待ったけど、昼食の時間になっても彼が戻ることはなかった。

チャコちゃん達がお昼に来てすぐ、「シャルロット様の胸にいる子は、何？」と、突っ込んでくると思っていたのに、誰も何も言ってこない。

みんなの前で体を振ったり、胸を張ったりしたけど誰も何も言わなかった。まさか……わたし以外にはこの子が見えていないとか？　調理場を見回したけど、唯一見えていたかもしれないパストさんはどこにもいない。そうだ、シーラン様に聞けば何かわかるかな？

そんな風に考えていたら、コッホ料理長が蒸しジャガイモを持ってきた。

「シャルロット様、ちゃんと食べてるか？」

「はい、今日のスープも美味《おい》しいです」

「そうか……んっ？」

今日のお昼は野菜たっぷりのひよこ豆のスープと焼き立てパンに、蒸しジャガイモ。

コッホ料理長が一瞬だけわたしの胸の辺りを見た気がしたけど、すぐに調理に戻っていったし、気のせいかな。

お昼ご飯が進む中、チャコちゃんが「竜人祭の仮装をみんなでしよう」と言い始めた。衣装も自分が作ると胸を叩く。

「わたしとユリアちゃんとで作るから、シャルロット様の分も作っていい？」

チャコちゃんとユリアちゃんは裁縫が得意なのだとか。

「うん、二人に任せるね」

「やったー、任せて！」

「はい、頑張ります！」

お願いすると二人とも嬉しそうに笑った。

結局、昼食の時間にシンラ君とパストさんは戻ってこなかった。

みんなが仕事に戻るのを見送り、シーラン様が戻っているかもと部屋に戻る。あれっ？　わたしの部屋の前に誰かいる？　まさかねと……近付いたところ、王子がいた。

わたしに気付き睨みつけてきたけど、子ドラゴンについては何も言わない。

「ご機嫌よう、ラスター殿下」

「ああ、昨日セバスチャンに聞いているだろう？　迎えに来てやった。話があるからついて来い」

「すみませんが、少しお待ちください」

それだけ言って部屋の中へ入る。わたしが戻るのを待っていたのか、すぐにマリーがやってきた。

「シャルロットお嬢様。先程から表でクレア王子がお待ちです」

「ええ、今会ったわ。ところでシーラン様は部屋に戻ってきている？」

「いいえ、お戻りになっておりません」

「えっ、いらっしゃらないの？」

確認するためにリビングの扉を開けて、シーラン様の部屋も開けさせてもらった。

「……いないわ」

昨日、一緒に大庭園へ来ると言っていたが、予定が変わってしまったのかもしれない。この前みたいに体調不良で倒れていなければいいのだけど……思いついて、ブレスレットにも呼びかけてみたものの、シーラン様は現れなかった。

「……シーラン様」

『クーッ』

わたしの声で目を覚ましたのか、子ドラゴンがまん丸な目でわたしを見つめる。

そっと、その子の頭を撫でて「大丈夫だよ」と話しかけた。王子が待ち切れなくなったらしく、玄関を力任せに叩いて喚《わめ》く。

「シャルロット嬢、早くしろ！　いつまで俺を待たせるんだ！」

「すぐにまいります。マリー、シーラン様がお戻りになったら、大庭園にいると伝えて」

「はい、かしこまりました」

わたしは扉を開けて、待っている王子に頭を下げた。

「お待たせしました、ラスター殿下。わたしになんのご用ですか？」

「ここではなく、大庭園で話す。ついてこい」


王子と初めて会ったのは夏の大庭園だった。こんな風にテーブルで向かい合って座っていたっけ。

その時と違って、今のわたしは王子の婚約者ではない。あれから数か月が経ち季節も移り変わり、大庭園では秋薔薇《ばら》が綺麗に咲いていていた。

王子にも、近くに立つセバスチャンにも、この子は見えていないみたいだ。

しかし、この王子は人を呼び出しておいて怖い顔をするばかりで、一言も話そうとしない。

「すみません、ラスター殿下。ここにわたしを呼び出したご用件とはなんでしょう？　ないのでしたら帰りますけど」

誰も好き好んでお花畑王子と向かい合って座っているわけではないのだ。

すると、王子がこちらを睨みながらやっと言い出した。

「シャルロット嬢、シーラン王子と共に無断で持っていった図鑑を返せ！　モフカ嬢が見たがっている」

「図鑑ですか？　わかりました、書庫に返しておきます」

モフカがドラゴンを出せるのか知りたい。

『クー、クーッ？』

胸で眠っていた子ドラゴンちゃんが起き、まん丸な目でわたしをじっと見ていた。そしてくるりと反対方向に顔を向けて、前にいる王子を見る。

『ク、ククーックー！』

（この子、王子を見た途端に翼をパタパタさせて、小さな尻尾をブンブン振って威嚇《いかく》し出したわ！）

それに小さな前足でテーブルを叩いている。可愛い。この子、可愛い。

「二日後にモフカ嬢が来る。それまでに返せよ」

王子はわたしの返事を待たず、言いたいことだけ言って、セバスチャンを連れて戻っていく。

大庭園から王子がいなくなると、子ドラゴンは落ち着きを取り戻して眠った。どうしてかこの子も、わたしと同じで王子のことが嫌いみたいね。

なんだか疲れたし、この子も疲れただろうからと部屋に戻ることにした。シーラン様達も夕飯頃には帰ってくるだろう。部屋に戻ったわたしは、洗濯物を畳むマリーに伝えた。

「疲れたから部屋で横になるわ。夕飯の時間になったら起こしてね」

「はい、かしこまりました」

そうして寝室に入って子ドラゴンを胸の上に乗せ、ベッドで横になり目を閉じた。

★　☆　★

『クー』

俺が頑張らなくては。

俺がしっかりしなくては。

俺がみんなを守る。

しかし、どんどん俺の中は真っ黒に蝕《むしば》まれていく……体が重くて苦しい、誰か俺を助けてくれ！

俺がもがき苦しんでいると、目の前に温かな光が射した。それに手を伸ばして掴んだ。

俺はまだ……やらなくてはならない。守りたい。大切な仲間を守らなくてはならない！

と、目を開けると、青空の下でシャルロットの優しいエメラルド色の瞳が近くに見えた。彼女の胸の上はなんて心地よいんだろう。身も心も安らぎ、また眠りに落ちてしまった。

でも、彼女はこんなに弱い俺を見てどう思う？　そう考えて次に目を覚ますと、彼女の寝息が間近に聞こえた。

（シャルロット……クレア王子のところへついて行くと自分で言ったのに、すまない）

俺——シーランはベッドの上で眠るシャルロットの胸から離れて、横でその可愛い寝顔を眺める。

今日の午前中、調理場の裏でいつも通りにジャガイモの皮剥《む》きをしていたが、急に体が重くなり、グラッと視界が揺れて気を失った。

（……無理をしてしまった）

兄上とリオには言えないが、二日前に帰った国でいつも以上に魔力を使いすぎたのだ。とりあえず眠れば回復すると思っていたが、幾度にもわたる無理がたたったようだ。魔力が切れて、体が危険だと判断し、防衛反応で無力なチビドラゴンになってしまった。

……だけど、おかしい。

この姿の時の俺達は、無力な子供のドラゴンだ。人間に捕まらないように、姿が透明になり仲間以外には見えなくなるはず。でも、シャルロットには俺が見えていた。それどころか彼女は俺を怖がることなく、優しく手を伸ばして胸に抱き、守ってくれた。

君はなんて優しい女性《ひと》なんだ。ありがとう、シャルロット。もしかすると彼女こそ俺達が探し求めている聖女なのかもしれない。そうだとしたら、なお嬉しい。

（もう少し、君の側で眠らせてくれ）

俺は可愛い寝息を立てるシャルロットの胸にもぞもぞと戻って、眠ることにした。クレア王子はどうしてこんなにも優しい彼女を毛嫌いするのだろう。王子に嫌がらせをされるたびに彼女は口をつぐみ、深く王子に頭を下げる。彼女は本当に何もしていないのに。

そうしてシャルロットの胸の上で横になると、すぐに眠気が襲ってきた。

ベッドの上でどれくらい眠っていたのかわからない。コンコンと寝室の扉を叩く音でわたしは目を覚ました。

★☆★

「ふわぁっ……はい」

「シャルロットお嬢様。リズ様とリオさんからお話があるそうです」

マリーの声でそう言われた。リズ様とリオさんが？　シーラン様はいないのかな。

「お話？　すぐに向かいますと伝えてちょうだい」

まだ胸の上でぐっすり寝ている子ドラゴンをそっと抱きしめてベッドから下りる。部屋を出るとマリーが濡《ぬ》れタオルを用意してくれていて、乱れてしまった髪も直してくれた。

身嗜《みだしな》みが整ったわたしはリビングの扉を叩く。扉を開けるとソファーにはリズ様がいた。奥のキッチンにはリオさんがいるのかな？　でも、やっぱりシーラン様の姿は見えなかった。

「シャルロットちゃん、入って」

わたしはリズ様に会釈《えしゃく》をして、部屋の中に入る。すると、ソファーからリズ様が立ち上がった。

「こんばんは、リズ様」

「シャルロットちゃん、いらっしゃい。今まで……チビドラを預かってくれてありがとう」

チビドラ？　この子ドラゴンのこと？　どうしてわたしが預かっているってわかっていたの？

あ、そうか、パストさんはリズ様とお知り合いで、やっぱりあの時チビドラちゃんが見えていて、リズ様を捜しに行ってくれていたとか？

「どういたしまして、チビドラちゃんはどうすれば良いのですか？」

「そのまま抱っこしててくれるかな。今から事情を話すから、ソファーに座って」

言われた通り、チビドラちゃんを抱っこしたまま座った。

「……そうだ、話の前にシャルロットちゃんに教えておきたいことがある。驚かせることになるけど、シャルロットちゃんにはしっかりと見てほしい」

「わかりました」

いつもとは違う真剣な声と表情のリズ様に、わたしも緊張してくる。

「リオもこっちに来て」

彼はキッチンにいるリオさんを呼んで、並んで立つ。

「【メタモルフォーゼ】」

リオさんがそう唱えると、二人の足元には光る魔法陣が現れて消えた。

それが消えたと同時に、二人を見る。

（えっ、嘘！）

「どうしてここに、パストさんとセーリオさんがいるの……？」

リズ様がパストさんになって、リオさんがセーリオさんになっていた。

「ごめんね、驚かせて……これには深いわけがあるんだ。リオ、戻して」

「かしこまりました」

もう一度リオさんが「【メタモルフォーゼ】」と唱えて、二人は竜人の姿に戻る。

わたしの心がざわつく……リズ様がパストさんということは、いつも近くにいたシンラ君が……

わたしにいつも元気を与えてくれたシンラ君が……？

「まさか、シンラ君がシーラン様なの？」

『クー』

わたしの呟きにチビドラちゃんが鳴き声を上げて、リズ様が頷いた。

「おお、察しがいいね。そう、それにそのチビドラは、魔力を消耗してしまったシーランなんだ」

「この可愛いチビドラちゃんが、シーラン様？」

シーラン様が魔力を消耗すると、あの素敵な姿からこんなにも可愛いチビドラちゃんに変わるんだ。今も胸にいるチビドラちゃんをまじまじと見てしまった。

「でも、よかった……シーラン様、心配したんだからね」

「ごめんね」と言うみたいに鳴いたチビドラちゃんを持ち上げて、すりすりと頬ずりする。そんなわたしにすかさずリズ様が突っ込む。

「あ、それ……見た目は可愛いけど、シーランだよ」

「……あ、そうだったわ」

いつものシーラン様を思い出して、ドキッとしてすりすりをやめた。

『クーッ』

「なんだよ、邪魔するなってか？　シーランはチビドラになった途端に、結構大胆になるなー」

リズ様にそう言われたチビドラちゃんは、ピョンとわたしの胸から飛び下り、リズ様のもとに行き彼の顔を見上げた。

『クー？』

「なんだ、無意識だったのか？　べったりシャルロットちゃんにくっついちゃってさ」

『ク、ククーッ』

「俺らが心配して抱っこすると鳴くわ嫌がるわで暴れる癖に、シャルロットちゃんはいいのか？」

『クーッ』

「何？　羨《うらや》ましいだろう？　そりゃ羨《うらや》ましいさ。俺だってあんなに綺麗で性格がよく、可愛い子に抱っこされたいよ」

「あっ」と、リズ様は赤茶の目を丸くして、口元を押さえた。わたしは驚きで頬が熱くなる。

「やべー、本音がだだ漏《も》れになっちゃった、くっくっ」

ほんのり赤くなった頬を隠しつつリズ様が笑った。その足元で何か言うチビドラちゃん。

「あー、はいはい。ちゃんとわかってるって、シーラン」

キッチンから聞こえてきた「夕食が出来ました、どうなされますか？」というマリーの声に、みんな反応した。

「後の話は夕食後にしよう、今日は走り回ってお腹が空《す》いたからねー」

「では、ご用意いたしますので、ダイニングのテーブルでお待ちください」

そう言ったリオさんはキッチンに行き、わたしとリズ様はダイニングのテーブルに座る。キッチンから出来上がった料理が運ばれ、テーブルに並べられていく。今日はニンニクと黒胡椒《くろこしょう》が利いた、皮がパリパリのチキンソテーとサラダに、パンとスープ。

ナイフとフォークでチキンを一口大に切って美味《おい》しく食べる。

「チビドラちゃんも食べる？」

見た目が可愛いチビドラちゃんをシーラン様とは呼びにくいので、この姿の時はチビドラちゃんと呼ばせてもらうことにした。

『クーッ』

チビドラちゃんが口を開けたので、一口大のチキンをフォークに刺して口の前に出すとパクッと食べた。ふふっ、可愛い。次は付け合わせのブロッコリーに、わたしの苦手なピーマン。

ちょうだいと口を開けるチビドラちゃんが可愛くて、ついせっせとご飯をあげた。

「シャルロットちゃん、チビドラばかり構わないで、自分も食べないと」

「はーい。ピーマンは苦手だからチビドラちゃんにあげるね」

「こら、自分の嫌いな食べ物をあげない。それにピーマンはシーランも苦手だから」

「そうなの？」

『クーックーッ』

「おー、大丈夫だって。だったら俺のピーマンもチビドラにあげよう」

リズ様がフォークでピーマンを刺して前に出すと、チビドラちゃんは嫌だと首を振る。リズ様は意地になってピーマンを食べさせようとした。

「リズ様、諦めてご自分で食べてください。好き嫌いはダメですよ」

「いいだろう、苦手なんだよ」

「それを言うならシャルロットお嬢様もですよ。好き嫌いはダメです」

「えー、マリー！」

リオさんとマリーにそれぞれ叱られたわたし達は、思わず肩を落としたのだった。


楽しい夕飯が終わり、わたしはリズ様にちょっと待っててと言われたため、ソファーに座っていた。チビドラちゃんはお腹いっぱいになって眠くなったのか胸の上で小さな寝息を立てている。キッチンではマリーとリオさんが夕飯の後片付けをしていた。やがて紅茶を持ったリズ様がキッチンから現れる。

「はい、シャルロットちゃん、紅茶」

「ありがとうございます、リズ様」

ティーカップを受け取ると、リズ様はわたしの隣に座り、紅茶を一口含む。

「俺が今から話すことは、他言無用でお願いするよ」

頷くと、リズ様はわたしの目を見て話し始めた。

「俺達の国、フリーゲンの話をしよう」

「竜人様の国の話？」

「あぁ、俺達の国フリーゲンが今まさに、滅亡の危機に瀕《ひん》している。原因は俺らが生まれる前から、どこからか溢れ出る瘴気《しょうき》のせいだ。竜人族は少量の瘴気《しょうき》の中でも普通に生活ができる。だがしかし、年々その瘴気《しょうき》が濃くなりつつあるんだ。それがついに竜人族の耐性を超え、体の弱った人々から倒れ、今年の春先には、俺達の父上と母上も病《やまい》に伏せてしまった」

「えっ？　お父様とお母様が？」

「そうだ。今も生死の境を彷徨《さまよ》っている」

リズ様とシーラン様のご両親というと、フリーゲンの国王陛下と王妃。国を統《す》べる王が弱っているとなったら、代わりに国民を支えるシーラン様が大変な思いをされているのはすぐに予測出来た。

「床《とこ》に伏す前、父上は瘴気《しょうき》の出所を捜索《そうさく》しようと、騎士団を国中に派遣していたんだが、結局わからずじまいでね」

『クーッ』

チビドラ化したシーラン様の鳴き声がどこか哀しい。

「そうだな……シーラン、俺達も騎士団に交じって国中を探したな」

リズ様の手が伸び、チビドラちゃんを優しく撫でた。

（ようやくわかった。シーラン様達がどうして聖女を捜しているのか……）

「リズ様達は国の瘴気《しょうき》をなくすために、聖女を捜しているのね？」

「ああ、三年前のあの日。父上と母上に呼ばれて行ったらシズ婆《ばあ》――国の占い師から、聖女が現れるかもしれない場所として、複数の街の名を聞かされた。シーランと俺、リオはラスター国のビビールの街へ行き、騎士団は他の街へ捜しに出た。しかし、俺達や騎士達にも聖女は見つけられなかった」

（見つかるわけないわ、肝心のモフカは城にいたのだもの）

「では、シーラン様や騎士団のいない国はどなたが見ているの？」

「今は、シズ婆《ばあ》が国を見ていてくれている。おかげで俺達は聖女捜しに専念出来ていたけれど、資金が底をついてしまってね。それで聖女を捜しながら給料の高い城で働くことにしたんだ。調理場の仕事なら食事の心配をする必要はないし、リオには書庫の仕事についてもらった」

「はい、聖女についてなんらかの資料がないか調べたり、瘴気《しょうき》についての情報を探ったりしていました」

「だが、聖女が見つからず、俺達は焦《あせ》っている」

「焦《あせ》っている？」

「定期的に国の瘴気《しょうき》を浄化していた両親が倒れた今、瘴気《しょうき》は濃くなる一方だ。シーランがそれを一人で浄化しているからな」

「えっ、シーラン様が一人で？」

リズ様はゆっくりと頷く。

「シャルロットちゃん。俺とシーランは、フリーゲンの国を作った竜人族の王の血を受け継いでいる。その上で、俺よりも更に強いドラゴンの血をシーランは受け継いだ。シーランは国で唯一、日々強くなる瘴気《しょうき》を浄化出来る魔力を持っている。しかし、完全に瘴気《しょうき》をなくすことは出来ないし、一人で国の浄化なんて無理をさせている自分が不甲斐《ふがい》ない」

「だから、シーラン様は倒れたり、チビドラちゃんになったりしているのね？」

「そうなんだ……聖女さえいれば、シーランと一緒に瘴気《しょうき》を完全に払えるはずなんだ！　だから俺達は諦めずに聖女を捜している」

『クー』

「そうだな、シーランもだ」

みんなはこんなにも苦労をしていたんだ。聖女のモフカだったら、みんなを助けられる。

国王と王妃がお倒れになったのは春先だと言っていたわ。今は十月だから、約半年以上、体を瘴気《しょうき》に蝕《むしば》まれているのだろう。

「だったら……どうして、どうしてなの？」

「シャルロットちゃん？」

「聖女を早く捜さなくてはならないのに、どうしてわたしを王子から助けたの？　なんの関係もないわたしなんか、ほっとけばよかったのに！」

わたしはみんなを助けたいと思っても、なんにも出来ないのに……

「そんなことを言わないでくれ、シャルロットちゃん！」

『クッ、クーッ！』

「でも、わたしは……」

「ちゃんと聞いて。シーランは……いや俺もリオもだけど、シャルロットちゃんに癒《いや》されるんだ。シャルロットちゃんに会う前の俺達は……殺伐《さつばつ》とした毎日を送っていた。ここで仕事をして、自分達の国に戻って瘴気《しょうき》や両親の様子を見て、休みの日には聖女を捜し回る毎日に、徐々に疲れていたんだよ。そんな時に君に会った。王子に冷たくされても、城で辛い目にあっても、いつもシャルロットちゃんは笑ってくれた。俺達といて楽しそうに笑ったり、時には無邪気に拗ねたりする君に癒された。だからシーランや俺達は君に何かしてあげたいと思ったんだ」

それは違うと、わたしは思いっきり首を横に振る。

「違う。逆だわ……わたしがみんなに元気をもらっていたの。この城に来るのは苦痛だったけど、調理場の裏や書庫でみんなに会えるから頑張れたんだよ」

すると、わたしの胸元にいるチビドラちゃんが暴れた。

「チビドラちゃん？」

『クーックーックーッ！』

「こんなにも頑張ることが出来るのは、シャルロットちゃんのおかげだってさ」

「わたしもだよ、シーラン様」

力一杯、チビドラちゃんを抱きしめた。

「シャルロット様……」

「シャルロットお嬢様、皆様」

リオさんとマリーが、キッチンから紅茶とパンケーキを持ってきてくれた。みんなで一息を入れようと、紅茶とパンケーキを食べる。

「そういやさー。シャルロットちゃんって、あの図鑑からドラゴンの映像が見えたんだよね？」

リズ様がテーブルの端っこに置いてある図鑑を指差した。

「はい、黒いドラゴンが見えました！」

「そのことでリオと前に話をしてんだけど、なんでもリオがさーシャルロットちゃんは魔力を持っていて、それもかなりの容量があるんじゃないかって言っていたんだよね」

「えっ？　魔力？」

わたしに魔力があるの？

「そう、魔力さ。俺もリオの推測に同意でね。実は俺達竜人族や、総称して亜人と呼ばれる種族は、魔法の属性のように魔力にも属性があって、それが瞳に現れるんだ」

「……瞳に現れる？」

そういえば、シーラン様はサファイア色の瞳、リズ様は赤茶色、リオさんは琥珀色《こはくいろ》だった。

「まさか姿を変えていた時でさえ、シャルロットちゃんに瞳の色を見破られていたとはね……焦《あせ》ったよ」

「えぇ、まったく恐れ入りました。王都に潜入するため、人間に成りすます訓練をして魔力を完全に封じ込められるようになった私達を見破ったのですからね」

リズ様とリオさんの二人でウンウンと頷いている。

「それを踏まえると、微量な魔力をも感知できるほどの高密度な魔力をシャルロットちゃんが秘めているかと推測されるんだよ」

「わたしに魔力？」

「そうですね。この図鑑自体が魔力測定器だと仮定すれば話が早いです。扮装中の魔力を封じた私にはスライムすら見えず、扮装を解いて魔力を解放した時には見えるようになっていた。意図的に作られた魔導書でしょう」

『クッ、クーッ』

「チビドラちゃんもこの図鑑が珍しいって？　そうだよね。この図鑑で魔力が測れるのだったら、シーラン様やリズ様、リオさんはモンスターをどこまで出せたの？」

そう聞くと、リズ様は腕を組み、考える素振りを見せた。

「俺は……スライム、ハーピー……えっと次のリザードマンのところまでだったかなー」

「私は前国王レークス様まで、シーラン様はその次の次のページまで、シャルロット様はドラゴンまでの全ページを出されましたね」

「うん、モンスターは全部見たけど……これで魔力が測れるのなら、もう一人魔力を調べたい人がいるわ」

「もう一人？　それは誰かな、シャルロットちゃん」

「えっと……モフカさんなの。舞踏会や書庫で『わたしは聖女よ』って言っていたから、調べてみたいと思って」

モフカの名前を出したとたん、みんなは眉をひそめた。そんな中、リズ様が手を挙げる。

「はい！　俺はモフカに魔力がないのに一票ー！」

「それならば、私もない方に一票入れさせていただきます」

『クーーッ！』

「ええー、もしかしてチビドラちゃんも⁉　みんながない方に一票入れちゃうなら……わたしはある方に入れるしかないじゃない！」

私の悲鳴に、リズ様が笑って言う。

「言い出しっぺはシャルロットちゃんだからね。負けた方は勝った方の言うことを一つ聞くってのはどう？」

「リズ様！」

「よいですね。今度モフカさんが書庫に現れたら、早速魔力を測ってみましょう」

『ク、ククーッ』

みんなはモフカの魔力を測ることに乗り気だ。

「わかった。でも、わたしが勝ったらなんでも一つ聞いてもらうわ」

「シャルロットちゃん、逆もあるからね。さてさて俺は何をしてもらおうかな？　ふふっ」

勝つことが前提なのかリズ様はニコニコ笑っているし、リオさんは腕を組み考えている。

「何にしますかね。私もしっかり考えておきましょう」

『クーーッ』

みんなはもう勝った気でいるらしい。楽しそうに話す三人を横目に、わたしは図鑑の前に移動してページをめくり、スライムのページを開いた。

「ねえ、図鑑を書庫へ返す前に全部見てみましょう」

わたしの声に、リズ様とリオさんは図鑑の周りに集まる。

「いいねぇ。スライムを出すのなら俺に任せろ！」

「いいえ、スライムを出すのはわたしよ！」

リズ様と言い合っていたら、横からすーっと手が伸びて、リオさんが魔法陣に触った。魔法陣が光り、プルルルーンとスライムが現れて揺れる。

「あーっ！」

「おい、リオ！」

「触った者の勝ちです。お二人で張り合っているからですよ」

『クーッ』

そうしてみんなで魔法陣を触り、モンスターを出現させていく。

「ここから先は、俺には見えない」

「これ以上は私にも無理です」

リズ様とリオさんが脱落をして、わたしはドラゴンまできっちり見た。次からは、薬草や植物のページ。

「リオさん、薬草の名前を読んでください」

「はい、かしこまりました。ヨモギ、ドクダミ草……クコ、クズ、オオバコ」

一つ一つ丁寧に植物の名前を読んでペラペラ開くと、図鑑の最後の見開きページにたどり着く。

「あっ！」

見開きページいっぱいに、緑色の魔法陣が描かれていた。

「どうしたの？　シャルロットちゃん、いきなり大声を上げて」

「ここ、このページを見て！」

尋ねてきたリズ様に、わたしは見開きページを指差す。

「真っ白なページだねー」

「何も書いていない、真っ白な見開きページです」

『クー？』

「真っ白？　嘘よ！　ここに魔法陣が描いてあるわ」

わたしはその魔法陣に触れた。瞬間、眩《まばゆ》い緑色の光の後に、見たことのない、緑色に輝く文字が浮かんだ。

「文字？　これはルーン文字じゃないわ」

みんなにもその文字は見えたみたいで、驚きの顔で見つめていた。

「シャルロット様、これは……古龍言語です」

「古龍言語？」

「へぇー……リオはなんでも知ってんなー。俺、この文字は初めて見たよ」

『クー、クーッ』

リズ様とチビドラちゃんは知らないみたい。その文字はスーッと消えて、今度は映像が浮かんできた。

どこかの森の中で撮影されたものだろうか、大きな黒いドラゴンと、ウェーブのかかった赤髪にロープドレスの綺麗な女性が映る。

「ちょっと待って……この女性、城の歴代国王と王妃の肖像画で見たことがある。キャサリンお祖母《ばあ》様だー！」

リズ様が女性を見て声を上げた。リオさんもその女性にハッとして、胸に手を当て、頭を下げる。

「おおっ、なんということでしょう。キャサリン前王妃様です」

『クーッ！』

チビドラちゃんも、今までにないほど大きな声を出す。

その映像から、キャサリン王妃様の声が聞こえてきた。

『私の愛するフリーゲンの子供達よ、ごめんなさい。私達の力では瘴気《しょうき》を完全に防ぐことは出来ませんでした。国民を残し消えた私達を許してください。

レークス様にはもう、瘴気《しょうき》を浄化する力が残っていませんでした。

愛するレークス様と話し合いをし、もしものためにと、私達の研究のすべてをこの図鑑として残すことにいたしました。

私が書き上げた魔法陣にて魔力を測ることが出来ます。魔法陣を触るとその者の魔力に反応をして、モンスター達の映像が映し出される仕組みです。

モンスターはスライムからドラゴンまで。魔力を持つ者なら誰でも見られるスライム、強大な魔力を持つ者ではないと見られないドラゴン。

それらのすべてのモンスターを見ることが出来る者は、まず存在しないかもしれません。

私自身も、図鑑を制作しましたが、ドラゴンの映像を見ることは最後まで叶いませんでした。

もしかすると、魔法陣は失敗しているかもしれませんね。だって、誰もが見ることが出来ないのですもの。そんな者が現れたら、それは奇跡に近い。

この映像もドラゴンを見られる者に託すために細工を施《ほどこ》しました。

竜人の国を作った初代竜人王には申し訳ないことですが、この土地を捨て、違う場所で国を立て直すのが賢明だと思われます。

私には国を捨てることが出来ず、最後まで足掻《あが》き、戦い、調べ抜きましたが、原因を突き止めることは無理でした。

私達の大事な人達が眠る土地を手放すことは心苦しい。

しかし、私の愛した竜人達がいなくなることも、私にとって許し難いことなのです。

この後ろの竜は瘴気《しょうき》を吸いすぎたレークス様のお姿です。

み……な、の……ものよ。ほか……のとち、でく……させ』

そこで映像は途切れたのだけど、もう一度最後にキャサリン王妃様だけが映った。彼女はボロボロと泣いている。

『……こんなお願いをしては申し訳ありませんが、もし、ここまで図鑑を見ることが出来る方がおられましたら、竜人の国をお救いください』

最後の言葉で映像が消え、そして元の魔法陣に戻った。

「キャサリンお祖母《ばあ》様……」

リズ様は胸に手を当てて目を瞑《つぶ》る。チビドラちゃんも図鑑を黙って見ていた。この図鑑には、レークス国王陛下とキャサリン王妃様の想いが込められているのだ。

わたしは図鑑のドラゴンが見えるけれど、聖女の力らしいものはない。

でも、出来ることなら彼女の願いを叶えたいし、力になりたい。

みんなはしばらく無言で図鑑を見つめていた、それぞれ思うことがあるのだろう。やがて、空《あ》いたティーカップを片付けながら、リオさんが図鑑を閉じた。

「明日、書庫の仕事に向かう時に、持っていきますね」

それに思わず待ったをかける。

「あーっ、やっぱり最後に！　スライムだけもう一度見せて！」

しんみりした空気の中でスライムが見たいなどと言ってしまったわたし。そんなわたしを見て、リズ様は微笑み、図鑑のスライムのページを開いた。

「今思い出したんだけどさー。シャルロットちゃんって、スライムを見ながら書庫の床に転がって大笑いして、本棚に足をぶつけたんだよね」

「どうしてリズ様がそれを知っているんですか!?」

そのことは、わたしとリオさんしか知らないはず。

「あ、リオさん。リズ様に喋りましたね！」

「すみません、シャルロット様」

『クーーッ！』

「すみません、シーラン様」

リオさんがチビドラちゃんにも頭を下げる姿を楽しそうに見ていたリズ様が、魔法陣に触りスライムを出した。みんなの前にプルプルビョーンとスライムが現れる。その動きにみんなは笑った。

「俺さ、実際のレークスお祖父《じい》様を見たかったなぁ……肖像画でしか見たことがないんだよなー」

しみじみと言っていたリズ様は「そうだ！　ちょっと待ってて」と自室に走る。そして戻ってきた彼に紙とペンを渡された。

「シャルロットちゃんとリオ。レークスお祖父《じい》様を描いてくれ」

リズ様に頼まれて、リオさんとわたしでテーブルの前に並んで座り、似顔絵を描くことになった。わたし、中学の美術の成績が二だったんだけど……楽しげにこちらを見るリズ様とチビドラちゃんにとてもそうは言えず、仕方がなくペンを走らせた。

描いている最中に、横からリズ様が覗き込む。

「うはっ……シャルロットちゃん、絵が下手だね」

「むっ、リズ様……正直に言いましたね」

「ははは、だって！　その絵はやばいって」

リズ様に散々言われ、自分の描いたものを見直してしょんぼり落ち込んでいると、「出来ました」と、リオさんが描いた絵を見せてくれる。

「……うまっ、リオさんって絵が上手いわ」

リオさんが描いたレークス陛下の絵は、劇画タッチでかなりの出来栄《できば》えだった。

「リオすごいな。シャルロットちゃんとは大違いだ」

「リズ様！」

『クーッ』

リオさんの絵を褒《ほ》めるリズ様の横で、チビドラちゃんが小さな手で慰《なぐさ》めてくれた。

「慰《なぐさ》めてくれなくっても大丈夫ですよ。絵を描くことが下手なのは、重々承知していますから」

そうして、わたしは竜人族の国について理解したのだった。


その後、自室に戻ったわたしは、フリーゲン国のために自分なりに何か出来ないかと考え、お父様に相談をしようと決めた。今は寝室でマリーに手伝ってもらい寝る準備をしている。

「明日なんだけど、一度家に戻ろうと思うの」

「かしこまりました、シャルロットお嬢様。馬車の手配をしておきます」


次の日の朝。

キチッとドレスを着込んだわたしは、馬車の窓から入り込む冷たい空気を顔に感じていた。

「ふぅーっ、ドレスで馬車に乗るのは久しぶり！」

「シャルロットお嬢様、馬車の中だからといって、足を開いてはなりませんよ」

「別にいいじゃない、マリー。誰も見てないわ」

「ダ・メ・で・す！」

「はーい」

今日乗っているのは、昨晩、マリーに頼んで呼んでもらった貸し馬車だ。久しぶりの帰省とはいえ、急に決めたことだったのでお父様とお母様に連絡は入れていない。

ちなみに、チビドラちゃん本人は嫌がっていたけど、リズ様に預けた。出かける前、リズ様に抱っこをされるのを拒否して前足を突っ張るチビドラちゃんの姿と、抱っこしよう頑張るリズ様の姿を見て笑ってしまった。

そうして今のわたしは、馬車の窓から流れる景色を懐かしく感じている。

(お父様とお母様は元気かしら？)

物思いに耽《ふけ》りつつ馬車に揺られることしばし、マリーに声をかけられた。

「お嬢様、屋敷に着きましたよ」

「ありがとう、マリー」

先に降りたマリーに手を借りて、貸し馬車を降りた。

秋薔薇《ばら》が咲く庭の横を通り抜けて、屋敷のエントランスに入ったけど、家の中から音がしない。

いつもなら掃除をするメイドや、庭で洗濯物をするメイドの話し声がするはずなのに。

「お父様、お母様？」

「お嬢様はここでお待ちください」

わたしはエントランスで待ち、マリーは屋敷の奥へと入っていった。

待っていると後ろでガタッと音がする。振り向いたところ、いつものローブドレスにツバつきの帽子を被り、エプロン姿のお母様がいた。

「あら、シャルロット、帰ってきていたの？　お帰りなさい」

「ただいま帰りました、お母様」

「庭を見ましたか？　秋薔薇《ばら》が綺麗に咲いていたでしょう？　でもすぐに虫がつくし、土の乾燥を気にしないといけないのよ」

「お母様が庭の手入れをなさっていたのですか？」

「ええ、そうよ。ダンテが私にくれた庭ですもの」

お母様と話しているとこちらに走ってくる足音がした。そちらを見ると、マリーが慌てて戻ってくるところだ。

「あら、マリーも帰ってきていたのね、お帰り」

「奥様、ご無沙汰《ぶさた》しております。あの……他の使用人はどうなさったのですか？」

「全員解雇したの。詳しい話はダンテに聞くといいわ。私では、上手く説明が出来ないから……」

お母様は被っていた帽子とエプロンを脱ぐと、エントランスの壁にかけ、中に入っていった。

わたし達もお母様の後について屋敷に入る。なんだか、屋敷の中はあまり掃除されていないように感じた。辺りをキョロキョロと見すぎたようで、お母様が少し大きめの声で言う。

「あなたが帰ってくると知っていたら、もう少し綺麗に掃除をしていたわよ」

お母様はマリーと積もる話があるのだろう、随分と話し込んでいた。

「いつもは簡単な掃除しかしてないの……ねぇマリー、魔法が使えないのは、とても不便ね」

「フフフ、奥様はいつも魔法でお掃除をされていましたね。私がメイドになりたての頃は、奥様の魔法に驚かされておりました」

「だって、あなたの驚き方がいちいち面白いのですもの。驚いて尻餅をついた後、そのまま後転するなんて初めて見たわよ。逆にこちらがビックリしたわ」

お母様とマリーが今、魔法と言った気がした。そんな話、わたしは一度も聞いたことがないのに。

「お母様。今、魔法とか言われましたか？」

「あら、シャルロット。違うわ、早く孫の顔が見てみたいわねって話していたのよ。あなたの聞き間違いね」

お母様は久しぶりに会うマリーと仲良くお喋りを再開する。そうして一階の突き当たりにある書斎の前に着くと、扉をノックしてお父様を呼んだ。

「ダンテ、ダンテ、いるかしら？　シャルロットが帰ってきたわよ」

「何？　シャルロットがどうしたって？」

部屋の中から響く足音が、扉の前まで近付いてきた。

「おお、急に屋敷に帰るなんて、竜人様と喧嘩《けんか》でもしたのか？」

「さぁ、あとは本人に聞いてちょうだい。私はマリーとお昼ご飯を作ってくるわ」

お母様がお昼ご飯を作るなんて初めて聞くので唖然《あぜん》としてしまう。お父様へ扉越しにちょっと断りを入れて、調理場へ向かう二人についていき、家事をするお母様の背中をしばらく眺めた。

ガーデニングに、お母様の手料理と、今日は驚くことがたくさん起きる日だ。

「よく帰ったね。シャルロット、お帰り」

「ただいま戻りました……え？　お父さま？」

呆然としたまま書斎へ引き返すと、さらに驚くことが待っていた。

わたしがシーラン様のもとへ行く前は、あんなにふくよかだったお父様の姿が、今や別人のように痩《や》せ細っている。睡眠が十分とれていなさそうな表情で、目は充血していた。

睡眠不足と充血の理由は、部屋の奥の書斎机に高々と積み上げられた書類の量でなんとなく察しがつく。

わたしに一言かけると、お父様は奥に歩いていき、書斎机に座る。そしてそこある書類の山と山の隙間から顔を覗かせた。

「すまないな、シャルロット。今日中に片付けないとならない書類があるんだ。話は書類を見ながらでもいいかな」

「はい、お父様」

「で、話とはなんだい？　なんだ！　これもか……こっちも国王陛下からか……！　こっちは王都の貴族か！」

王都の貴族？　そう言ったお父様が落とした書類が足元にきて内容が見えた。お金の借用書だ。

お父様に借金の申し込みをしているの？

「お父様、わたしのいない間に何があったの？　そんなに痩《や》せてしまって！」

わたしの言葉にお父様は焦《あせ》った。

「いや、これには深いわけがな。そうだシャルロット、今は竜人様の側を離れないようにしなさい」

「それは、どういう意味ですか？　お父様」

お父様をじっと見ると、眉をひそめて口を噤《つぐ》み……結局、こうべを垂れた。

「シャルロット、聞いてくれ！　実はな……代々私達デュック一族が守ってきた、大切なものについて、陛下に知られてしまった」

「大切なもの？　それはなんですか？」

「それはな……竜人王様に任された『秘密の森』だ。陛下すら知らぬ森だったのだが、誰かが陛下に密告をしたんだ」

密告と聞き、乙女ゲームの特別ルートを遊んでいるだろう、モフカの顔が浮かんだ。

「お父様。どういうことか、詳しく教えてください」

「……わかった。お前も関わってくる話だから、話そう」

お父様は書斎机から立ち上がると、向かい合わせのソファーに座るよう促してきた。お父様とそこに座る。

「今は話自体がなくなったが、シャルロットとクレア王子の婚約は、十一歳の時に決まったと国王陛下には聞かされていた。しかし、しばらくしてクレア王子にシャルロット以外の思い人が出来、話が変わったんだ」

それは私も理解している。モフカのことだ。

「国王陛下は、多額の金を用意すれば息子の気持ちが変わるよう考えてやるとおっしゃった。シャルロットのためではあったが……そのような金はないと答えたところ、国王陛下は笑い、お前には金のなる『秘密の森』があるだろうと指摘されたのだ。私は、それについて公表されるわけにはいかなかった」

「それで、お父様はお金を渡してしまったの？」

お父様はコクリと頷いた。

「一度金を渡すと、また金を要求された。シャルロットがクレア王子を慕っているのも知っていたし、私が渋ると国王陛下は『秘密の森』の話を出す。そうして結局、シャルロットが十四歳になってクレア王子と婚約するまで定期的に払うことになった。しかし、私とシャルロットは国王陛下に騙されていたんだ」

これはわたしと王子の婚約の話だろう。

「そして今回はもっと大変なことが起きた。国王陛下が『秘密の森』場所を探り当てたのだ」

「『秘密の森』の場所が知られてしまったのですね」

「そうだ。三日前、いつものように森に向かったら、その場所に国王陛下の騎士どもが待ち伏せしておった。いち早く気付いて引き返してきたために、捕まらなかったが……」

お父様はさっき密告されたと言った。だけど、誰が漏らしたはわからなくて、屋敷で働くメイドや執事の全員を解雇したんだろう。

「これではご先祖様や、竜人王様に顔向けができない」

「お父様、竜人王様ってシーラン様達のご先祖様？」

「ああ、そうだった。シャルロットはもう竜人様に関わっていたな。よし、シャルロット。今から『秘密の森』に行き、先祖から受け継がれし力を見せよう」

お父様と『秘密の森』に行くことが決まり、それをお母様とマリーに伝えると、昼食にとサンドイッチをバスケットに入れてくれた。

「ダンテ、気を付けてね」

「大丈夫だ。お前に貰ったコレがあるからな」

と、お父様は首に下げた鈴を見せた。

「それがあれば、大丈夫ね」

「ああ、前の時もこれが危険を察知して鳴ったおかげで、捕まらずに済んだんだ。では行ってくる」

お父様が荷馬車を用意するから待ってくれと言い、屋敷の横手に回る。そうしてお父様と荷馬車に乗り、サンドイッチを食べながら東に三十分ほど走ると、大きな森の前に着いた。

「ここが竜人王のお気に入りの場所。そして竜人の国の入り口だと言い伝えられている森だ。私達の先祖は竜人王様の側近だったんだよ」

「竜人王様の側近！」

お父様は、この森を抜けると竜人の国の入り口があると続けて説明する。

（それが本当だとしたら、森を抜ければシーラン様の国に行ける？）

荷馬車を降りて近付くと、緑色に光る大きな門が見えた。森全体を壁が囲んでいるようだ。

その囲いの上では、森全体を緑色の光がアーチ状に覆《おお》っていた。

わたしは驚き、その光景を指差す。

「お父様。この緑に光る大きな門が森への入り口？」

「なんと、シャルロットにはこの森の門が見えるのか、今鍵を開けるから待っていなさい」

お父様は門の前に立ち、「【解錠】」と言って門に向けて右手をかざした。その右手が門と同じ緑色に光る。

お父様の掌《てのひら》の前に緑の魔法陣が現れて、鍵の開くような音が聞こえた。

直後、大きな門が開くと同時に、森を覆《おお》う光の緑のアーチも消えていく。

「さあ、門が開いた。中に入ろう」

「はい、お父様」

開いた門を通るお父様の後について通り抜けようとした時、体に違和感が生じた。

（えっ、何？　この感覚。門を通り抜けようとした瞬間に、ピリッと電気が走った？）

お父様はなんにも感じていないのか、森の中をどんどん進んでいく。

紅葉が見頃の時期だというのに、門を抜けた先は、青々とした木々が生《お》い茂《しげ》っていた。

「不思議な雰囲気の森だわ」

「ああ、この森の中は竜人王様の魔法がかかっていて、竜人王様が好まれた初夏のままなんだよ」

「初夏ですか？　では、外はどうなっているの？　外も変わってしまったら、この森を見た人が不審に思いませんか？」

「それは大丈夫だ。外から見ると、その季節に応じた外見にしか見えない。だから安心するといい。さあシャルロット、もうすぐ森の中央だよ」

そこは整地のされた、開《ひら》けた場所になっていた。そして、耕《たがや》された畑とそこに生える青々とした葉っぱが見える。

「こんなにも畑がたくさん⁉」

「驚いたか？　いい畑だろう。中央にある畑がチシャ畑で、その隣もチシャ畑、その隣もチシャ畑……あれが──」

「お父様、待って。この畑は全部チシャ畑ではありませんか？」

「ああ、今はそうだったな、ははは」

テニスコートくらいの大きさの畑が五つあるけれど、お父様はここで森全体の他、畑も管理しているの？

「シャルロット、今からもう一つ私の力を見せよう」

「お父様の力？」

「ああ、代々受け継がれてきた貴重な力だ……お前にも受け継がれているだろう」

そう言うと、お父様がチシャ畑の前でジャケットを脱ぎ、シャツの腕をまくる。そして、その場にしゃがんでから立ち上がり、空に向けて両手を広げ「葉よ育て！」と声を上げた。

（お父様！　その動きは必要なの？）

わたしが疑問を覚える中、お父様はそれを何回も行う。

しばらくして畑の葉がゆらゆらと揺れ出して、ググーンと葉が育った。

お父様はそれを満足そうに眺め、腕を組み頷く。

「うん、うん。いい出来だ」

「すごい、お父様が葉っぱを急に育てたわ！」

「これはチシャの葉といって、私は魔法でこのチシャの葉を育てて収穫し、東の国にある魔法協会に持っていっているんだ。私が作るチシャの葉は他のものよりも出来がよく、味もよいから高値で取引される」

（魔法？）

お父様は一人何度も何度もここに通い、チシャの葉でお金を作っていたらしい。

「お父様！　お父様は魔法使いなの？　緑色に光る門の鍵を開けられたし、畑のチシャの葉を急激に育てたわ！」

「はっはは、私が魔法使いか……一応はそうなるかな？　……あっ、リリヌは元東の国の魔女だ。お前を産んでからはその力を失ったみたいだけどな」

「ええーっ、お母様が魔女ですって！」

魔法使いのお父様に元魔女のお母様だなんて、もう、驚きすぎて腰が抜けそうだわ。

そういえばお父様は、わたしも力を受け継いでいるはずだと言った。

さっきのチシャの葉みたいに、好きなひよこ豆をパラパラとこの畑に蒔《ま》いて、ググーンと生やして収穫したら、お腹いっぱいひよこ豆が食べられる。

（……じゅるり）

「お父様、わたしもあの魔法を使えるようになりたいです！」

「ああ、いいよ」

お父様に承諾を得て、植物の育成魔法を教えてもらうことになった。

「お父様はこのチシャの葉を魔法協会に卸《おろ》すと言っていましたが、チシャの葉は誰が使うのですか？」

「魔法使いや魔女だよ。なんでも〝魔女の軟膏《なんこう》〟の原料の一つとして使われているらしい。あとは食用。チシャの葉は魔女の好物の一つで、そのままサラダとしても食べられている」

（魔女の軟膏《なんこう》？　それにこの葉、サラダにしても食べられるの？　食べてみたいわ）

「さあ、シャルロット、やってみようか！」

「はい、お父様！」

お父様の指導による魔法練習が、チシャの畑の前で始まった。

太陽の光を浴び、青々と育つチシャの葉へ手を伸ばして、「葉よ育て！」と声を出す。お父様は熱が入ってくると段々と声を大きくした。

「シャルロット、それではダメだ、声が小さい！　もっともっと強く願うんだ！」

（お父様ったら、急に熱血になったわ！）

「手の角度はこう？　……それともこう？」

「そうだ、角度はそれでいい。いいぞ！　そこで心を込めて『葉よ育て』と叫ぶんだ！」

「わかりました。『葉よ育て』！」

上げた掌《てのひら》が熱くなり、手応《てごた》えを感じた。あっ、葉が揺れて……

（えっ、ええーっ？　嘘だぁ）

わたしの前にあるチシャ二株だけが、元の二、三倍の大きさに育った。お父様はそれを見て頷き、的確な指示をくれる。

「『葉よ育て』のところで、この畑全体に魔力を注ぐようにイメージをしてみなさい。今のは魔力が偏《かたよ》ったせいで、二株だけが大きくなったんだ」

この畑全体に魔力を注ぐイメージか……

「わかった、やってみるわ」

「その意気だ。始めたばかりで葉っぱを大きく出来たんだから、イメージさえ掴めばすぐにでも、畑一面のチシャの葉を均等に大きく出来る！」

「はい、お父様」

それからお父様の熱血指導のもと、さらに頑張り、掌《てのひら》を広げに広げた。

（……ああーっ。なんだかごめんなさい、チシャの葉達）

そのまま何回も試すうちに、最初の二株が異常に大きなお化けチシャの葉になってしまった。

他のチシャも、何故そこだけが育つの。右の君は育ちたくないの？　なんで左の君は枯れちゃうの。

こうして一つの畑が、あちこちバラバラな育ち具合の不気味な畑に様変わりした。

「お父様。ごめんなさい」

「大丈夫だよ。まだイメージが安定していないが、初めてでここまで出来ればいい、今日は何度も魔法を使って体が疲れただろう」

「ええ、疲れました」

「じゃあ、そろそろ戻るか。リリヌも私達の帰りを心配して待っているはずだ。その前に池の近くのラベンダー畑を見て帰ろうか」

そうして、ラベンダー畑に向かうお父様の後を追った。そうだ、あのチシャの葉は食べられるって話だったし、持って帰ってみんなで食べられないかな。

そう考えて、前を歩くお父様を呼んだ。

「お父様！」

「ん、なんだい、シャルロット？」

「あの大きく育ってしまった二株のチシャの葉が欲しいです」

お父様はしばらく考えて頷く。

「いいよ、ラベンダー畑の後に寄って、採って帰ろう」

改めて奥に向かって歩くと、ラベンダーや色とりどりの花が湖を囲むように一面に生えていた。湖の真ん中には小さな島があり、その中心には石が二つ並んで置かれている。

「見てごらん。あの湖、レキン湖に浮かぶ島に見える石は、竜人様のお墓だと言われている」

「レキン湖？　竜人様のお墓？」

「ああ、父上に聞いた話だと、愛する人を失った人の涙で出来た湖なんだそうだ」

昨日見た図鑑の最後の映像で、キャサリン王妃が泣いていた。

あの森の中がここだとすれば、このお墓はレスター国王陛下とキャサリン王妃のお墓かもしれない。

フリーゲン国を守ろうとした国王と王妃。その二人の、ドラゴンが見える者へと託した思い。

それについて考えていたら、お父様が声をかけてきた。

「シャルロット、竜人様のために、ラベンダーや花をもっと咲かせよう」

「はい、お父様」

ラベンダーや花々に向かって、二人のために綺麗に咲いてと願い、空へ手を上げる。そうしてさらに花が咲き乱れたレキン湖では、それらの花々が風に揺れていた。

レキン湖からの帰り、お父様は畑から大きく育ったチシャの二株をわたしに採ってくれた。お父様は森の前まで来ると、来た時と同様に森へ手をかざす。

今度は「【施錠】」と唱え、緑色に光る門が音を立てて閉まり、森の光景が秋の色合いに変わった。

「ふうっ、これでいいだろう。何事もなく屋敷に帰れそうだな」

「ええ、お父様」

荷馬車に乗って帰宅すると、庭先でお母様がお茶をしていた。お母様は帰ってきたわたし達を微笑んで迎えてくれる。

「よかった、何事もなかったようね。お帰りなさい」

「ああ、ただいま。竜人様に任された森の中をシャルロットに見せてきたよ」

「そう……」

「ただいま戻りました、お母様」

「お帰りなさいシャルロット。どうでした？」

「お母様、聞いて！　お父様は魔法使いだったの！　チシャの畑で葉を育てる魔法を教えてもらいました。そしてこれがその時に育てたチシャの葉です」

手に持っていたお化けチシャの葉をお母様に見せた。それから、屋敷のエントランスをホウキで掃除していたマリーにも見せにいく。

「マリー、見て。このチシャの葉！」

「まあ、お嬢様。スカートが汚れていますよ」

「見るのはそこ？　このお化けチシャの葉を、みんなで食べましょう」

★　☆　★

そうしてシャルロットが家のエントランスでマリーと話している姿を、庭先から両親が見ていた。

「シャルロットが持っているチシャの葉は、あの子が育てたの？」

「ああ、そうだ。一緒に葉を育てる魔法を使ったんだよ。帰りにラベンダー畑にも寄ってきた」

「……そう、あの子は色々と知ってしまったのね、私が元魔女だということも知ったのね？」

「ああ、とても驚いていたよ」

「私は魔法で苦労をしてきたから、せめてあの子には、魔法と無縁の人生を歩ませたかった」

「シャルロットは大丈夫だよ。あの子を大事に守ってくれる人がいる」

「あの子、あんなに表情が豊かになって……」

「今まで少し過保護すぎたかな」

彼らは娘をシーラン王子に託してよかったと笑顔で話し、シャルロットを見つめ続けていた。

★
☆
★

「マリー、ひと株は持って帰るけど、もうひと株はお父様とお母様にあげるわ」

お化けチシャをひと株マリーに預けたわたしは、庭で話をしている両親のもとに駆け寄った。

「お父様、お母様。わたしが育てたチシャの葉を食べてください」

「あら嬉しいわ、私、チシャの葉が好きなのよ」

「ありがとう、いただくよ」

「それとね、お父様とお母様にお願いがあるの。わたしに魔法を教えてください！」

わたしの願いに、両親は頷いてくれた。ただ、お父様はもう時間がないらしい。

「もっとシャルロットと一緒にいたいが……書斎で仕事の続きをしてくるよ」

お父様は渋々仕事に戻り、わたしはお母様と、庭が見渡せる場所でマリーが淹《い》れてくれた紅茶を飲むことになった。

「まさか、あなたが魔法を習いたいと言い出すなんてね。私から引き継いだ魔女の血がそうさせるのかしら？　でも人によって魔法属性に相性があるから、使える魔法と使えない魔法が出てくるわ」

「魔法属性……」

確かゲームでは、魔法の基本属性として、火、水、風、雷、土の五つが存在していた気がする。

「シャルロット、あなたの魔力から感じ取れるのは水と風属性ね。魔女だった頃の私と同じよ」

「魔女だった？　ということは、今のお母様は違うのですか？」

「ええ、あの頃のようには魔法を使えないわね。魔女はね、結婚して女の子を授かると、その子に魔女の力が引き継がれるの。そうやって魔女の力は受け継がれてきたのよ」

「じゃあ、魔法はお母様が教えてくれるの？」

お母様は首を横に振る。

「いいえ、シャルロットの指導者は現役の魔法使いに来てもらうわ。少々性格に難があるのだけど……、人間国宝と言われるほどの魔力の持ち主で、数多くの魔法属性と魔法を習得している人だわ。最後に会ったのは、あなたが七歳の頃？　覚えてないかしら、私の兄様なのだけど……」

お母様のお兄様で、少々性格に難のある魔法使い？

「伯父《おじ》様がわたしに魔法を教えてくれるのね？」

「ええ、色々とアレですが、とても優秀よ。呼べばすぐにでも来てくれるわ。でも、今日はもう遅いから、明日……いえ、明後日《あさって》がいいわね。明後日《あさって》の朝、王城へ迎えの馬車を手配するからそれで帰っていらっしゃい。兄様を呼んでおくわ」

「はい、お母様」

それからお茶の後、書斎で仕事をするお父様に挨拶《あいさつ》をしてマリーと貸し馬車に乗り、チビドラちゃんが待つ城へと馬車をゆっくりと走り出させた。

お母様のお兄様か……魔法は楽しみだけど、気を付けないとシャルロットが別人になったと言われてしまうかも。まさか伯父《おじ》様にも「あなた、なってませんわ」とは言ってないよね、シャルロット。

「……風が気持ちいい」

緩やかに揺れる帰りの馬車の中。森からの帰り道にお父様とした会話を思い出す。

お父様は神妙な面持ちでわたしに言った。

『シャルロット。私はどうしても竜人様から受け継いだこの森を守りたい』

わたしもお父様が受け継ぎ、守る森を共に守りたいと思った。

やがて貸し馬車は、城の馬車の停留場に到着した。お化けチシャの葉はマリーに預けて、並んでロータスの池を越えて城の西側に向かう。

わたし達が部屋に戻ってきたのがわかったのか、リビングルームの扉がすぐに開いた。

「シャルロットちゃんお帰り。おーい！　お待ちかねのシャルロットちゃんが帰ったぞ」

『クーッ』

トットットッ！　と走ってきたチビドラちゃんが、扉の前に立つリズ様をよじ登り、そこからわたしの胸に飛んできた。

「チビドラちゃん！」

「シーラン、お前！　俺によじ登ったな！」

『クーッ』

「あーっ、くそっ！　いいようにそのチビドラの姿を使いやがって！」

シーラン様がチビドラちゃんの姿だと、リズ様はキツく言えないみたい。チビドラちゃんは小さな尻尾を振った後に眠った。

「はぁーっ、やっと寝たか……ったく。悪いけど、そのままシーランをよろしくね……」

「はい、リズ様」

リズ様はわたしにチビドラちゃんを預けると、手をひらひらさせて扉を閉めて戻っていく。

「シャルロットお嬢様、お着替えが終わった後に何か召し上がりますか？」

「紅茶が欲しいわ」

「かしこまりました」

ワンピースに着替えてリビングのソファーに座ると、マリーがポットに紅茶を用意してくれた。飲む前に思い出したことがあったので立ち上がり、リビングの扉を開けて、ソファーで寛《くつろ》ぐリズ様に声をかける。

「リズ様、紅茶を飲みますか？」

「何？　シャルロットちゃんが淹《い》れてくれるの」

わたしは頷く。

「はい、こちらにいらしてください」

「えっ……じゃあ、お邪魔するよ」

一瞬驚いたリズ様だったけど、部屋に入ってきてわたしの横に座った。マリーを呼んでカップをもう一つ用意してもらい、わたしが紅茶を注ぎリズ様の前に出す。

「どうぞ、リズ様」

「ありがとう」

紅茶を飲みホッと一息ついたところで、リズ様に今日のことをどこから話そうか悩んでいた。

「シャルロットちゃん、楽しかった？」

リズ様が微笑んで聞いてくれたので、わたしも微笑んで答えた。

「はい、楽しかったです。しかも明後日《あさって》は魔法を習えるんですよ。それに、聞いてください。わたしの家には、竜人さまに関わるすごい秘密がありました」

「秘密？」

「ええ、そこに行って、みんなに見せたいものがあります」

チシャの畑に、ラベンダーや色とりどりの花達。湖に浮かんだ島にある、レークス国王様とキャサリン王妃様のお墓をみんなと見たい。

「だったらさ、明後日《あさって》はみんなで出かけよう」

「仕事はどうするのですか？」

「明日、コッホ料理長に言って休むよ。リオにも言ってこようっと。紅茶、ご馳走さま」

紅茶を一気に飲み干して、リズ様はうきうきと部屋に戻っていった。いつの間にか目を覚ましていた、チビドラちゃんもなんだか喜んでいる。

『クーッ、クーッ』

「えっ、チビドラちゃんも、楽しみって言っているの？」

チビドラちゃんに聞くと、コクリと頷いたのだった。


今日の夕飯は焼き立てのパンに、チキンのトマト煮込み、チシャの葉サラダと茎《くき》を使った卵スープ。

「んーっ。チシャの葉ってシャキシャキで美味《おい》しい」

みんなはチシャの葉をモリモリと食べてくれている。チビドラちゃんも気に入ったみたい。

「チシャの葉、美味《おい》しい。どこで手に入れたの」

リズ様に聞かれて、すぐに「聞いてください！　わたしが魔法で育てたんですよー」って言いたかったけど、我慢をした。

「えーっと、明後日《あさって》までの秘密です」

「そっか、楽しみにしているかな」

「はい、楽しみにしていてください！」

そうして、わたしはみんなの前で胸を張った。


お化けチシャの葉は食べ応《ごた》え十分。翌朝はマリーとリオさんが作ったチシャの葉サンドをみんなで食べた。

「行ってくるよ」

「行ってまいります」

「リズ様、リオさん。行ってらっしゃい」

明日の休みをもらうため、早めに出ていくリズ様とリオさんを見送る。

わたしもマリーに手伝ってもらって朝の支度を終え、チビドラちゃんを連れて調理場の裏を覗く。

すると、シンラ君の代わりにパストさんが外で野菜の皮を剥《む》いていた。

「パストさん、見学してもいい？」

『クーッ』

「いいよ。今日のチビドラは、珍しく寝ていないんだな」

チビドラちゃんの頬を指でつつきながら言ったパストさんが、その指を噛まれた。

「いてて、やめろよ」

『クーーッ』

昨日の夜はしっかりわたしの横で寝ていたから、今日は眠くないのかな。チビドラちゃんと用意されていた椅子に座り、器用に剥《む》かれていく野菜を見ていた。

「そんなに二人に見られると、なんだか照れるな……」

わたしとチビドラちゃんに見つめられたパストさんは照れてしまい、手が止まる。これでは仕事の邪魔になりそうだ。

「パストさん、書庫に図鑑を見に行ってくるわ。お昼頃には戻ってくるね」

「ああ。でも、今日はクレア王子がモフカ嬢を呼んだって話を聞いたから、気を付けてね」

「モフカ……わかりました」

これはチャンスかもしれない。あの子は書庫へ図鑑を見にきたのだろうし、ドラゴンを出せるかどうか見に行こう。

「また、後で！」

「ああ、またな」

そうしてパストさんがいる調理場の裏から書庫に向かった。書庫へ近付くにつれて、何やら叫び声のようなものが聞こえてくる。

（この叫び声って、モフカ？）

近付くと、ハッキリと聞こえた。

「なんでよ、なんでゲームの通りにこの図鑑が使えないのよ！」

やはりモフカだ。書庫の中で叫んいる。

「モフカ様、それ以上はおやめください。図鑑に傷がつきます」

モフカを止めようとする、セーリオさんの声も聞こえてきた。どうやら書庫でモフカが暴れている様子だ。二人の声しか聞こえないけど、彼女を呼んだ王子は何をしているの？

チビドラちゃんを抱えながら書庫の前まで行くと、扉は開け放たれていて「うるさい、モブ！」とモフカがまたセーリオさんに暴言を吐いているのが聞こえた。困った子だと書庫の中を覗く。

すると書庫の中が一大事。あちこちに本が散乱していた。

(モフカ……あなた何やってるのよ)

彼女は前と同様に図鑑を手に持ち、振り回している。それだけでは飽き足らず、空《あ》いた手で近くの本棚の本を掴み、セーリオさんに投げた。

「な、なんなの、これは……」

開いた口が塞がらないとはこの状況を言うのだろう。

(あれっ、モフカの足元に誰か倒れていない？)

あっ、王子だわ！　白目を剥《む》いて倒れている。

小庭園はぽかぽか陽気でお昼寝に最適な空間だったのに、書庫の中は殺伐《さつばつ》としていた。チビドラちゃんに怪我をさせたくないのもあるけど、わたし自身が怖くて中に入れない。でも、このままではセーリオさんまで怪我をする。頑張れ、シャルロット！

「チビドラちゃん、わたしにしっかりくっついていてね」

そう言ってから、開けっぱなしの書庫の扉をコンコンと大きめに叩いた。

「あの、よろしいかしら？」

「シャルロット！」

血走った目でモフカがわたしを睨みつける。

「モフカさん、あなたはこんなところで何をなさっているの？　あなたも令嬢の端くれなのですから、図鑑を振り回すなんて淑女のすることではありませんわよ」

コツコツとわざとらしくヒールを鳴らし、モフカを見据えながら近付き、足元に倒れる王子を確認した。額《ひたい》を打って倒れているみたいね。

次に、わたしはセーリオさんに近付いた。

「大丈夫ですか？　怪我をなさってはいませんか？」

「はい、大丈夫です」

よかった、王子とは違ってどこも怪我をしていない。一通り確認を終えてから、わたしは彼女に叫んだ。

「モフカさん、いい加減に落ち着きなさい！」

「うるさい！　悪役令嬢のあんたなんかには関係ないのよ！」

かなりご立腹の様子だ。目が据わっちゃって可愛い顔が台無しだよ。そんなに図鑑が使えなくて悔しいの？　でもね。わたしの大好きな図鑑や書物を乱暴に扱われたんだから、わたしだって怒るわよ。

「悪役令嬢？　今はそんなこと、どうでもいいのよ。モフカさん、わかっている？　あなたラスター殿下に怪我を負わせたのよ。騎士に捕まるわよ、あなた」

（流石《さすが》に王子も、これで懲《こ》りたのではないかな？）

「はぁ？　あるわけないじゃん！　そんなこと！　あいつはあたしにベタ惚れなのよ。今に愛《いと》しのシーランもそうなるけどね」

胸元のチビドラちゃんが嫌だと言わんばかりに震えていた。

あなたのその自信はどこからくるの？　ヒロインだから特別な力を持っているとでも言いたいのかな。

わたしはモフカを見据えて唇を噛んだ。

あなたは前世でゲームをプレイしたのでしょう？　シーラン様について知っていたあなたなら、裏ルートもやっていて、ゲームの中で図鑑の最後のページも見たはず。レークス前国王とキャサリン前王妃の言葉も読んでいるはず。

この図鑑がどれだけ大切なものなのか、あなたが一番に気付いて当然じゃないの？

それなのにどうして、そのあなたが大切に扱えないの？

シーラン様――チビドラちゃんだって、そんなあなたを見て怒っているよ。

フラグを立てたいのならば、自分のことばかりではなく周りにも少しは目を向けた方がいい。

なんて、絶対に言ってあげないけどね！

「ふうっ、このままでは本が可哀相。本を本棚に戻しましょう」

「はい、シャルロット様」

わたしとセーリオさんが本を片付け出しても、片手に図鑑を持ったままフーフーと肩を揺らして、荒い息を吐くモフカ。

「少し落ち着いたらどうかしら？」

「うるさい！」

言っても無駄か……床に散らばった本を拾い上げ、本棚に戻す。やはり投げられた本には傷が出来ていた。今モフカが手に持っている図鑑も、傷が出来ているだろう。

「目障《めざわ》り！　消えろ！」

急に、モフカが手に持つ図鑑をわたしに向けて投げた。

「「あっ！」」

セーリオさんと同時に声を上げる。わたしはチビドラちゃんだけでも守ろうと、胸に抱きしめて目を瞑《つぶ》った。すると間一髪で、セーリオさんがわたしとチビドラちゃんを守るように立ち塞がり、図鑑を受け止める。

「セーリオさん、大丈夫ですか？」

「ええ、しかし許せませんね……まさか、この図鑑を投げるとは思いませんでしたよ」

「うるさい、モブや悪役令嬢の癖にしゃしゃり出てくるからよ」

「いい加減にしなさい!!」

『フゥーッ！』

セーリオさんとチビドラちゃんが同時にキレた。チビドラちゃんは口を開け、鼻にシワを寄せて唸《うな》っている。今にもモフカに飛びかかりそうなチビドラちゃんを優しく撫でた。

「セーリオさん、守ってくれてありがとう。早く片付けを終わらせましょう」

「……わかりました」

図鑑をテーブルに置き、散らばった本を片付け終えて一息つく。そこに騎士達が来た。セーリオさんが非常通信で呼んでくれたらしい。

彼らは「失礼します」と気絶した王子を連れていった。

すぐに王子の容態が報告された。何かが頭に当たった拍子に脳震盪《のうしんとう》を起こして倒れたそうだ……モフカが図鑑を振り回した時に、おでこに直撃したのだろう。

「モフカさん、いくらラスター殿下があなたに好意を持っていたとしても、あの方はこの国の第一王子、そんな方に危害を加えてどうなさるの？」

「あたしのせいじゃない、止めようとしたクー様が悪いの！」

「でも、事を起こしたのはあなたでしょう？　ラスター殿下のもとにお見舞いに行った方がよろしくてよ」

わたしの言葉にモフカは、顔を歪《ゆが》ませ歯を食いしばった。

「あたし、クー様のところに行ってこよっ」

「ちょっと待って、モフカさん、行く前にこれを見て！」

モフカを止めたわたしは図鑑のスライムのページめくり、魔法陣に触れて、スライムの映像を出した。

「モフカさん。ここに何か見えますか？」

魔法陣の上でプルルルーンと動くスライム。モフカはそれを見て眉にシワを寄せた。

「何よ？　何も見えないわよ。ただの青い魔法陣じゃない」

えっ！　……スライムが見えていない？

「あの、モフカさん？　……あなたは魔法や聖女の力を使ったことってある？」

「まだないわ！　でも大丈夫よ。あたしはあなたとは違ってヒロインだし、ゲームでもそうだったもん」

それだけ言うと、彼女は書庫を出ていった。モフカは聖女としての力がまだ……開花していない。

茫然としたわたしは、図鑑に書かれていた文章を思い出した。

【ドラゴンが見えた者に託す】

……今のモフカには託せないよ。


リズ様には「お昼頃に戻る」と言ったけど、結局行けなかった。

夕方、仕事から帰ってきたリズ様に色々聞かれたので、リオさんと一緒に書庫での出来事を詳しく話すとリズ様は驚き、それから笑った。

「ははは、それは酷い目にあったね。シャルロットちゃん、お疲れさんー」

「本当だよ。お昼に行きたかったのに、本を片付けたり騎士と話したりしていて、時計を見たらもうかなり時間が経っていたの……残念」

「私もですよ。書庫での仕事が済む前に交代の時間が過ぎてしまい、お昼抜きで残りの仕事をすることになりました」

「リオさんもひどい目にあったよね」

互いにふーっとため息をついた。

キッチンから運ばれる夕飯がダイニングテーブルに並べられていく。焼肉に、チシャの葉とカリカリベーコンのシーザーサラダ、チーズとクルトン、ドレッシングが美味《おい》しい。

チビドラちゃんも喜んでチシャの葉を食べてくれている。持って帰ったお化けチシャの葉は、何日もみんなのお腹を満たした。食後、リズ様が笑って言う。

「じゃあ、明日はみんなでシャルロットちゃんの家だね」

『クーッ』

「チビドラちゃんも行こうね」

明日は朝が早いからと、チビドラちゃんと早めに部屋に帰る、寝室のベッドに入るとチビドラちゃんが寄ってきたので、抱きしめて眠った。


目が覚めると、横にはチビドラちゃんではなく、シーラン様が寝ていた。

寝ている間に戻ったのかな……気持ちよさそうに眠る頬に触れてみる。……あっ、眉にシワが寄ったわ。

「んっ……シャルロット？」

「そうですよ、おはようございます」

「おはよう」

えっ、嘘。シーラン様は寝ぼけて自分がまだチビドラちゃんだと思っているのか、わたしの胸にすりすりして微笑む。

「ん、気持ちいい……？　って……俺は！　シャルロット、その、すまな……うわぁ！」

彼は驚き、慌ててベッドから落ち、床で呻《うめ》き声を上げた。

「大丈夫ですか？」

「ああ……大丈夫だ……その、ごめん」

「ふふ、変なの。チビドラちゃんの時はあんなにわたしにくっついていたのに」

「……そうだったな」

「そうですよ」

微笑んでベッドの下のシーラン様へ手を伸ばす。彼が照れ笑いをしながらわたしの伸ばした手を掴んだので、引っ張り上げた。

「体調はどうですか？」

「無理をしなければ大丈夫だよ」

「では、無理をしてはダメですよ」

「ああ、わかった」

その時、コンコンと寝室の扉が叩かれた。

「シャルロットお嬢様……おはようございます」

マリーが挨拶《あいさつ》をして寝室の扉を開ける。わたしとシーラン様を見て、一瞬だけ驚きの表情になったけど、すぐにいつもの表情に戻った。

「おはよう、マリー」

「マッ……マリーさん、おはようございます」

「おはようございます。シーラン様」

朝のタオルをマリーから受け取り、シーラン様に伝える。

「シーラン様。朝の身支度を始めますね」

「わかった。俺も身支度しないとな」

お部屋に戻るシーラン様を扉まで見送り、わたしはマリーに動きやすい服を出してもらい、お団子ヘアーにしてもらった。その後、マリーは朝食の準備に行き、わたしはシーラン様の棟に向かう。

扉を開けてリビングを覗いても誰もいない。テーブルの上には開かれた図鑑が載っていた。

「誰か見ていたのかな?」

近付いて覗くと、開かれていたのはスライムのページだった。魔法陣に触ってみたところ、ビヨヨーーン、ベチャ……と動き出すスライム。やはりスライムの動きは笑える。プルプルしたり、伸びたり……我慢が出来ない。口元を押さえてプルプルしてしまった。

「ふふ、ふふふ……」

どこからか視線を感じて図鑑から顔を上げると、目の前のダイニングテーブルに、いつのまにかリズ様がいて微笑んでいる。

「リズ様、見てましたね」

「うん。見てたよ、楽しそうだね」

「楽しいですよ」

どれどれと、リズ様がスライムを見るため、わたしの隣に座って図鑑を覗いた。

「うわぁ、やっぱこいつの動き、すごいなぁ……」

「ふふ、ですよね」

「……ねえ、シャルロットちゃん」

「なんですか？」

「ありがとうね」

「……えっ」

リズ様は図鑑から顔を上げないままだ。

「何がですか？」

「シーランに優しくしてくれて……あいつはさ、強いドラゴンの力を持って生まれたから、周りからの期待が大きいんだ」

「……リズ様」

「いつも一人で頑張るんだ。だから、チビドラを嫌がらずに抱きしめてくれて俺も嬉しかった……

ありがとう」

目線はスライムに向いているけど、彼は優しい表情を浮かべていた。

リズ様は弟のシーラン様を大切に思っているんだ。それはきっと、シーラン様も同じ。

「嫌がるなんてありえませんよ。わたしがチビドラちゃんを好きで抱きしめたんです。あんなに可愛いチビドラちゃんを抱っこ出来て、わたしの方がありがとうですよ」

リズ様は目を丸くして、その後、嬉しそうに笑ってくれた。

「まったく君は……いい子だなぁ」

「そうです、わたしはいい子なんですよ、知りませんでした？」

「あはは、自分でいい子だって言ったよ」

「ふふ、言いましたよ」

その時、シーラン様の寝室の扉が開き、着替えを終えた彼が出てきた。

「楽しそうになんの話をしているんだい？」

（その格好って……）

「シーラン。お前、なんだその格好は？」

リズ様の問いかけに、シンラ君の姿でピシッと燕尾服《えんびふく》を着ているシーラン様が答える。

「まだ魔力が不安定で、いつチビドラに戻るかわからないからね。この姿で行くことにしたから、リオに従者の格好を借りてきたよ」

「シーランがそれなら、俺はジュストコールを着てこようかな」

「ダメです兄上、今日はみんな、シャルロットの従者です」

(従者？)

「わかったよ。前みたいにリオに借りてこよう」

リズ様がリオさんとマリーが料理中のキッチンに入っていく。

テーブルの上では、残された図鑑のスライムが誰にも見られることなくビヨヨーーンと一人寂しく揺れていた。


その後、みんなでお母様が呼んだ馬車で屋敷へと向かった。少し緊張気味のシーラン様もといシンラ君と、いつもとあまり変わらないリズ様、リオさん。二人もそれぞれパストさんとセーリオさんの姿になっている。馬車は四人乗りのため、マリーは従者席だ。

馬車は一時間半かけて我が家に着き、わたしは眠る三人を起こした。

「シーラン様、リズ様、リオさん。着きました。ここがわたしの家です」

そう言って家を紹介すると、リズ様が違うと首を振る。

「シャルロットちゃん、違うよー。シンラとパスト、セーリオと呼ぶように。今日一日、俺達は君の従者だからね、シャルロットお嬢様」

「そうですね、そうお呼びください。シャルロットお嬢様」

「さあ、シャルロットお嬢様」

(もう、みんなノリノリでお嬢様だなんて呼ぶんだから！　仕方がないわ、乗ってあげましょう)

「……では、わたくし馬車を降りますから、手を貸してくださる？　シンラ」

「はい、かしこまりました。シャルロットお嬢様」

そう言うと馬車の入り口を開けて馬車を降り、出入り口で従者のように手を出すシンラ君。

「どうしたの？　降りないのか、シャルロット」

「やっぱり、なんだか……変な気分だわ」

「そうだな。でも僕は面白い」

弾けるような笑顔を見せたシンラ君に手を貸してもらい、馬車から降りる。

そうしてみんなで家に向かっていくと、エントランスの入り口に見覚えのない竹ボウキが立てかけてあった。

「この、いつまでくっついてるのよ、いい加減に離れなさーい！」

お母様の大きな声と同時に、エントランス近くの応接間の扉が乱暴に開き、白いシャツに黒いズボンの男の人が転がり出てきて、わたしの足元で止まった。

（誰？　この人？）

見下ろすわたしと、見上げる年上の男性。

エメラルド色の瞳に、短くカットされたシルバーの髪。その人は起き上がらずにエントランスで寝転んだまま腕を組む。

「うーん、君は白か。そのフリルは可愛いけど、もう少し色っぽいのを穿《は》くといいよ」

（へっ？　白のフリルって……っ！　……今日のわたしの下着の色だ！）

「やだっ！」

わたしはエントランスで寝転ぶ男性から一歩下がり、スカートを押さえた。今日のワンピースの丈はいつものよりも短い。

後ろに立つシンラ君は首を傾げた。

「白とは、なんだ？」

「シャルロット様、その男性からもう少し、いえ私の後ろまでお下がりください！」

「シャルロットちゃん。おっさんから離れろ！」

セーリオさんとパストさんは足元の男性の発言の意図に気付いたのか、わたしの腕を掴んで男性から離す。

「シンラ、お前気付けって！　足元のおっさんは今、シャルロットちゃんのスカートの中を覗いたんだよ」

「はぁ？　スカートの中って！　……あれか！」

シンラ君は何か思い出したのか、頬を赤くしながらわたしの前に立った。

パストさんは寝転がる男性のところへと行き、腕を待つ。

「おい、おっさん、いい加減に起きやがれ！　シャルロットちゃんの下着を覗きやがって！」

彼に手を掴まれ、無理やり床から起こされた男性が大声で言う。

「うえーっ、男に触られるなんて……なんたる不覚！」

「それは俺のセリフだー！」

（応接間からお母様の声と同時に転がり出てきたけど……この人は誰？　シーラン様と同じくらいの身長で、歳はお父様と同じくらい？）

「まっ、まさか！　この人がお母様の言っていた伯父《おじ》様!?」

「そうよ！　それが難ありの私の兄様よ。年頃の姪《めい》の下着を見て喜ぶなんて最低！　シャルロット、そいつからもっと離れなさい」

お母様は応接間から逃げたのだろう、二階の踊り場からエントランスを見ていた。伯父《おじ》様はお母様を見つけると、手を振り微笑む。

「あっ、リリヌ。東の国からわざわざやって来たお兄ちゃんに優しくしてくれよ」

「娘の頼みだからここに呼んだだけど、昔とちっとも変わっていないみたいね、もう少し大人になりなさい！」

「変わるわけない。あんなに声を上げて喜んでくれて可愛いなぁー。リリヌ、あいつと別れて俺と東の国で一緒に住もうよ」

「嫌よ！　あなた達、ちゃんとシャルロットを守ってちょうだい！」

お母様はシンラ君達に叫んで、二階の自室に駆け込んでいってしまった。

（これは、難ありすぎだよ、お母様ー！）

ゾゾゾッと背筋が寒くなり、シンラ君とパストさんの背に隠れる。

「シャルロット、大丈夫だ。僕が守るから」

「おいおーい！　おっさん、変な冗談はやめろよー。シャルロットお嬢様が怖がってるだろう」

「まったく、その通りですよ」

シンラ君とパストさん、セーリオさんがそれぞれ呟く。そうしてシンラ君がハッとした。

「まさか！　……この人がシャルロットの言っていた、今日から魔法を習う魔法使いなのか？」

お母様がいなくなり、伯父《おじ》様はシンラ君達を見てニヤリと笑う。

「そうだ。チビ竜ども羨《うらや》ましかろう。シャルるんは今から俺に魔法を習うんだよ！」

「シャルるん⁉　なんだお前は！　僕達をチビ竜だと！」

シーラン様達と伯父《おじ》様が睨み合っている。

難あり伯父《おじ》様はただの人間の姿をしているシンラ君達を見てチビ竜だと言った。竜人だって気付いたんだ。それにお母様が、「魔法は出来る人」だと言ってはいたけれども……

「わ、わたしはお父様に挨拶《あいさつ》してくるね！」

険悪なシンラ君達と伯父《おじ》様をエントランスに残して、わたしはお父様がいる書斎に向かい、扉をノックした。

「おはようございます、お父様。魔法の練習が終わったら、また森に連れていってほしいの！」

「おお、シャルロットか！　おはよう。さあ、中に入っておいで」

書斎の扉を開けると、前にも増して書類の山に埋まったお父様。

「お父様、二日前に来た時よりも書類が増えていませんか？」

「ん、そうか？　少し片付けたのだが……先程、リリヌの叫び声が聞こえたな……ラーロはまだリリヌをからかっているのか。可愛がり方に難はあるが、優しい人なんだよ彼は……多分」

お父様は伯父《おじ》様に騙されているんじゃないかしら。

「私はこの書類を今日中に……はて、こっちだったかな、それともこっちか……とりあえず午前中には終わらせる。これらが片付いたら森に行こう」

そうは言ったけど、これも、これもと、お父様はたくさんの書類を抱えた。

(だ、大丈夫かしら……)

そうしてお父様と森に行く約束をしてから、書斎を後にしてエントランスに戻る。すると、伯父《おじ》様は魔法の練習は外でやるからと、秋薔薇《ばら》が咲く庭にわたしを促した。

「シャルロットお嬢様！」

「どうしたの？　マリー」

そこに、家のキッチンにいたマリーが買い物カゴを持ってやってきた。

「今から、近くの街にお昼の食材を買い出しに行ってまいります」

「近くの街？　わかったわ……馬車を呼んで行くといいわ」

「じゃあ、俺は荷物持ちをするためについて行くよ」

「私もお供いたします」

パストさんとセーリオさんはマリーの買い物に付き合うことに。シンラ君だけは逃すまいと、彼に近付き袖を掴んだ。

「シンラ君は残ってね」

「大丈夫、僕は行かないよ。シャルロットお嬢様を奴の側に一人、置いていけないからね」

「気を付けろよシーラン。おっさんは俺達が竜人だと気付いている」

「ああ、わかっている。兄上」

「竜人君達、気を付けなくても大丈夫だ。それに君達は歳の割には上手く姿を変えているけど、俺は年の功で君達よりも魔力の扱いに長《た》けている。見る人によっては君達の魔力はだだ漏《も》れだし、オーラが元の竜人の姿をしているんだよ」

（オーラ？）

もしかしたらわたしにも見えるかもと目を凝《こ》らしたけど、いつものシンラ君にしか見えなかった。

「君達もしっかりした人について訓練をすると、今まで以上に魔力が安定するんじゃないかな？」

「あなたに言われなくても、そんなことはわかっている！」

「そうだ、わかってんだよ。おっさん！」

伯父《おじ》様の言葉に、シンラ君もパストさんもムッとして反論した。

それに習いたくても、今の国の状況では、そんなことを言っていられないのだろう。

「大丈夫だって、俺はリリヌ以外には何もしないから、安心するといい」

「のっけからあんな真似をしといて安心できるかよ！」

「そうです。あなたは信用が出来ません！」

「お前らは疑り深いなー、大丈夫だから、さあ買い物に行ってきなさい」

そうこうしていると従者付きの馬車が屋敷に到着して、マリーとパストさん、セーリオさんは近くの街まで買い物に向かった。

「さぁ、シャルるん。ここに座ろうか」

お母様が手入れをする庭の秋薔薇《ばら》が見渡せるテーブルに、伯父様《おじ》と向かい合わせに座る。シンラ君はわたしの後ろに立ち、反対側の伯父様《おじ》に睨みをきかせている。

「ねえ、シャルるん」

「シャルロットお嬢様をいつまで、シャルるんと呼ぶんだ！」

「シンラ君、いいの」

「くっ……わかりました、お嬢様」

でも、ちょっとびっくりしちゃった。年上の方にシャルるんなんて初めて呼ばれるから、つい身構えてしまう。

伯父様《おじ》はテーブルに肘をつき、口角を上げたまま、わたしを楽しそうに見ている。

「シャルるんは何歳になった？　前に会った時よりも綺麗になったね」

「……十四歳ですわ、伯父様《おじ》」

「リリヌにそっくりになってきたね。覚えているかな？　俺はリリヌの兄のラーロ、よろしくね。伯父様《おじ》じゃなくて、これから俺のことはラーロと呼んでくれ」

伯父様《おじ》が手を差し出してきた。その手を掴もうとしたら、シンラ君が後ろから出てきて、先にラーロさんの手を握る。

「僕の名前はシンラです、以後よろしく」

「えーっ、チビ竜君の名前は聞いてない。ねぇ、シャルるん」

「よろしくお願いします、ラーロ伯父様《おじ》」

「うわぁ……伯父様《おじ》はやめて、ラーロと呼んでくれると嬉しいな……さて、手始めに」

ラーロさんが指でトントンとテーブルを軽く突くと魔法陣が浮かび、ガシャンと音を立てて紅茶のセットが現れた。

慣れた動作でポットを取った彼は、カップにお茶を注ぐ。

「どうぞ、シャルるん。こっちがチビ竜の分ね」

「ありがとうございます」

紅茶のカップを受け取ろうと手を出したのだけど、シンラ君の方がわたしより先にカップを取ると、一気に飲み干した。続けて自分の分も飲んでしまう。

「シンラ君！　その紅茶、わたしの！」

「これは毒見です。シャルロットお嬢様の紅茶に何か入っていたら困ります」

「それは逆です。シンラ君に何かあったら、わたしが困ります！」

ラーロさんは、飲み干された紅茶のカップを見ながら口を開いた。

「あーあ、全部飲んじゃった。その紅茶に惚れ薬を入れたんだ。シャルるんを俺に惚れさせようとしたのに、残念だ」

（ほっ、惚れ薬!?）

「シンラ君、大丈夫？」

ラーロさんは楽しそうにシンラ君を見ている。

「ねえ、効いてこない？　シャルるんを見ていると、体が熱くなってこないか？　ほらほら……」

なんていきいきとしているんだろう……シンラ君は本当に大丈夫かな……

(あ、顔が真っ赤だわ)

「効かない！　そんなの効くわけがない、こんなものを飲まなくたって僕はもう……シャルロットお嬢様のことを……って、こんなところで言えるか！」

その後は、キツく口元を手で押さえて黙り込むシンラ君。

「あははっ。なんだ言わないのか、せっかく人が手伝ってやろうと思ったのにつまんないなぁ。まあ、いいや、惚れ薬なん入れてないから。作るのに手間がかかる高価な薬をそんな簡単には使わないって！　ははははっ！」

なんだか伯父《おじ》様のこと、物凄く苦手かも……シンラ君をからかって楽しそうに笑うなんて。

ムッとしていたら、伯父《おじ》様がこちらを見て慌てて言った。

「あーっ、怒んないで、シャルるん。魔法を習いたいんだろう？」

「そうですけど……魔法は習いたいけど、わたしは伯父《おじ》様のこと、嫌いです」

「あらら、嫌われたか……ごめんって言ったら許してもらえるかな？」

「わたしに謝っても仕方ありません。シンラ君にですよ」

「わかったよ。からかってすまない。君の純粋な気持ちが羨《うらや》ましくてさー。今から真面目にやるから、許してほしい」

「……真面目にやっていただけるのでしたら、許しますよ、ラーロさん」

シンラ君が頷いたのを見て、わたしも伯父様《おじ》――ラーロさんに、にっこり笑って答えた。

庭先では秋薔薇《ばら》が穏やかな風に揺れている。新しく淹《い》れられた紅茶が半分になったところで、ラーロさんが話し出した。

「シャルるん。そろそろ魔法について話そうか」

「はい、ラーロさん」

椅子から立ち上がり、わたしの顔を覗き込むラーロさんは、さっきとは違う冷たいイメージが漂《ただよ》っていた。例えるなら戦場に赴《おもむ》く戦士の顔つきそのものだ。

「リリヌ……君のお母さんは、水と風の魔法が得意で、君はその魔法属性を引き継いでいる。兄である俺も水魔法は得意な方だよ。だから水魔法ならどんな魔法でも教えてあげられる。そこで君に問う」

「はい」

「君が求める魔法とはなんだい？　津波で一国を沈める魔法かな？　それとも嫌な奴を水で溺れさせる魔法かな？　もしかして大量の水を落として、水圧で押し潰す魔法かな？」

「おい、シャルロットに何を教えるつもりだ！」

シンラ君は、ラーロさんの煽《あお》るような質問に耐えられず立ち上がった。

「魔法と言ったら、攻撃魔法だろう？」

「わたしはみんなを幸せに導く、優しい水魔法を習いたいんです！」

「し、幸せに導く優しい水魔法？」

あれ？　ラーロさんが妙な表情をした。変なことを言ったかな？

「あははは、シャルるん。君らしいな！　して、それは具体的にどんな魔法だい？」

「わたしは、生物に生命の息吹を与えられる、優しい水を出したいんです！」

水を創り出す魔法は初級中の初歩の基本魔法。なのに、ラーロさんは難しい顔をしていた。

「へー、そうかぁ。一言で水と言っても、目指すはクオリティーを追求した生命の水といったところか！」

「どうですか？　出来そうですか？」

「そうだね。今は難しいかもしれない。けど、君の頑張り次第かな？」

いずれ、『ひよこ豆育成計画』でその魔法を使いたい。たくさん種を蒔《ま》いて、わたしの水の魔法で育てて、みんなでお腹いっぱい食べるんだ。

「わたし、頑張ります！」

「いいよ、わかった。俺にとっても新しい魔法への挑戦だな。一緒に頑張ろう！」

頷いたラーロさんは、魔法についてわかりやすく説明を始めた。

「シャルるん。まず、水のイメージを思い浮かべる。具体的に強く意識するんだ。それが固まったら、言葉を発することによって、イメージをより具現化させる」

ラーロさんはそう言うと、掌《てのひら》を上にして腕を前に突き出す。そして、「【ウォータードロップ】」と唱えた。

すると、掌《てのひら》に水色に光る魔法陣が現れ、その中央に向かって液体が渦を巻いていく。やがて水が球体状になって浮いた。わたしは初めて目の前で発動する水魔法に興奮し、立ち上がってしまう。

「シンラ君、ラーロさんの掌《てのひら》で水の玉が浮いてる！」

「あぁ、すごいな。水が一箇所に集まり留まっている」

「これが初級の水魔法【ウォータードロップ】だ。俺は今、水で出来た球体をイメージしている。あとは魔力で具現化し維持しているんだ。ただの水の球体でも、イメージと供給する魔力のバランスが崩れると自分がダメージを受けたり、下手をすると人を傷付けてしまったりする恐れがある」

人を傷つけるか……それだけは絶対に避けたいな。わたしが目指す魔法は人に優しい魔法だもの。

「さぁ、まずは水をイメージして。やってみようか、シャルるん」

「はい」

ラーロさんの横に立ち、水をイメージした。この魔法がわたしにとっての第一歩。まずはひよこ豆を育てたい。そして、大切な人達やシーラン様のお役に立ちたい。わたしが魔法を使えるようになれば、これまでの何も出来なかったわたしじゃなくなる。

わたしの想いが溢れ出し、水のイメージが研ぎ澄まされる。

「雨を降らせて！」

「この魔力は……まずい！　シャルるん待ちなさい！　イメージを変えて放っては駄目だ！」

「シャルロット？　聞こえてないのか？」

わたしは雨をイメージすることに集中しすぎて、ラーロさんとシンラ君の声が全く聞こえていなかった。

「【ウォータードロップ】！」

そう叫ぶと、かざした掌《てのひら》から頭上へと、とてつもない大きな魔法陣が現れ、そして上空へ無数の水の玉が放たれた。

「え？　ラーロさんとだいぶ違う？」

わたしは焦《あせ》るばかりで、どうしたらいいのかわからず、それをただ見上げている。

「逃げろ、シャルロット！」

わたしに駆け寄ってきたシンラ君の声がして、抱きしめられた。

「すみません、僕ではシャルロットしか守れない！　【障壁】！」

シンラ君は魔法でわたし達を覆《おお》う透明な壁を作り出す。

「それでいい！　後は俺が引き受けよう！　【水龍の盾】！」

ラーロさんが水の防御魔法を唱えた途端、四方から昇った水龍が集《つど》い、大きなドーム状になって家と秋薔薇《ばら》の一部を包み込んだ。その直後、上空に浮かんでいた無数の水の玉が弾けて大粒の雨となり、私達に向かって勢いよく降り注ぐ。

ラーロさんの【水龍の盾】では防ぎきれなかった秋薔薇《ばら》を、大きな雨粒が豪雨となって次々となぎ倒し、さらに地面をもえぐっていく。

シンラ君の腕の中でその様《さま》を見たわたしは、自分の顔が青ざめていくのを感じた。視線の先で、鮮《あざ》やかなオレンジ色の花びらが散っていく。

「あぁ！」

わたしはシンラ君の腕の中で涙目になる。

「わたしの魔法が……どうして……」

「シャルるん、君の想いが強すぎて、魔力のバランスが崩れて暴走してしまったんだ」

呆然と呟いたわたしにラーロさんが答えた。その直後、家の中から両親が慌てて飛び出してくる。

「ラーロ、一体何が起きたんだ！」

「シャルロットは？　兄様、何があったの！」

「お父様、お母様！」

シンラ君の腕から離れ、わたしはお母様のもとに走っていく。

「お母様、ごめんなさい！　わたしの魔法があんなに綺麗だった秋薔薇《ばら》を駄目にしてしまったの」

「これをあなたが……」

庭を見たお母様はわたしの肩を抱き、心配そうな表情をしている。

「シャルロット！　体は大丈夫？　怪我はない？」

「平気です！」

「そう、よかった。あなたが無事ならいいのよ。秋薔薇《ばら》は手入れをすればまた元通りになるわ、気にしないで」

そう言うと、お母様はラーロさんの方に歩いていく。そこへお父様も加わって大人同士の話が始まった。

「シャルロット、大丈夫か？」

シンラ君が様子を見にきてくれた。わたしは彼にそっと身を寄せる。

「ごめんなさい！　まだ魔力が回復していないのに……魔法を使わせてしまって……」

「気にするな。シャルロット嬢が無事ならそれでいい」

わたしはシンラ君の手を強く握りしめた。

せめて、お母様が丹精《たんせい》込めて育てた秋薔薇《ばら》だけでも元に戻したい。

「ねえ、シンラ君。秋薔薇《ばら》に試したいことがあるの」

「わかった。シャルロット、水魔法は使うなよ」

「はい」

シンラ君と一緒に秋薔薇《ばら》へ近寄った。見るも無残な状態にわたしは魔法の怖さを思い知る。

「それで試したいことって？」

「お父様に習った、植物を育てる魔法が使えないかと思ったの」

「植物を育てる魔法？」

「そう、この魔法は前回上手くいったから」

「そうか、でも肩の力を抜くんだ」

シンラ君の言葉に頷き、しゃがんでは立ち上がって、空に向けて手を伸ばす。ただそれを繰り返した。『薔薇《ばら》よ育て』と願いを込めて。

「その仕草……なんと言うか、可愛いな。俺も手伝おう」

「シンラ君、ありがとう」

シンラ君も加わり、願いも倍になった。

「ごめんね。魔法が上手く使えずあなた達を傷付けてしまって、本当にごめんなさい」

そう口にしたわたしは「育て！　育て！」と念じながら、シンラ君と秋薔薇《ばら》の周辺をぐるぐると回る。

「お願い、芽を出して！」

数分後……わたしはシンラ君の燕尾服《えんびふく》の袖を引っ張った。

「これ見て！　シンラ君！」

「おぉ！　芽が出てきたぞ！」

秋薔薇《ばら》の新芽が生えてきたのだ。それらがピョコピョコと、次から次へと土から顔を出していく。

それを見てホッとしたわたしは、力が抜けて地べたに座り込む。

「おっと、シャルロット、大丈夫か？」

隣にいたシンラ君が手を貸してくれた。その手に掴まり立ち上がる。

「うん。……シンラ君、ありがとう」

その時、後ろでラーロさんの笑い声がした。

「ははは！　お疲れ様、シャルるん。君、その魔法が使えるのかい。動きは、デュックから聞いたんだね」

「はい、お父様から習いました」

「へー、そうなんだ。デュックはまだその動作で魔法を使っていたんだな。魔法を教えた時に、その動作は森の精霊を崇《あが》め、魔力を分けてもらうためとか説明したが、全部俺の嘘なんだわ！　あーはっはっは！」

「何！　ラーロ、それは本当か！」

お父様も驚いているし、わたしも驚いた。それから、真剣にあの動きを何回もしていた自分がおかしく思えてくる。

「デュックが太ってしまったとリリヌに相談されて、運動になるように俺が考えたんだ！　本当はイメージさえ出来ていれば、片手を前に出すだけでいいんだが。実際、ダイエット効果があったろ？」

「く、確かに痩《や》せたが……」

「ラーロさん、魔法を使うにはイメージが大事なんですね」

複雑な顔をするお父様の横から問いかける。土から生えた新芽を見てしみじみそう思ったのだ。

「そうだ、魔法は精神力とイメージが大切なんだ」

「イメージか……わたしにも出来るかな？」

首を傾げていたら、シンラ君が肩を叩いてくれた。

「出来るさ、シャルロット。俺もまだ訓練中だ、急がなくてもいいんだ」

「シンラ君、ありがとう」

「今日のところはここまでだ。魔法のキモが理解出来ただけでも、収穫はあったと思う。イメージと魔力のバランスはこうだ！【ウォーターシャワー】！」

ラーロさんが唱えた水魔法によって、キラキラと優しく光る雨が新芽達に降り注いだ。そんな魔法の水を浴びて新芽達が生き生きとしていた。

「シャルるんは疲れただろう、少し眠りなさい」

ラーロさんが近寄り、わたしの前で手をかざした途端、体の力が抜けて眠気がさした。

「ゆっくり眠るといい」

「ラーロさん！　シャルロットに何をした！」

「おっと……そう怖い顔をするなチビ竜君。君もあまり顔色がよくないな。眠った方がいい」

ラーロさんが一瞬の隙をつきシンラ君も魔法で眠らせたところまでは見えたものの、そこから先は、わたしは眠りの世界に落ちてしまっていた。

★　☆　★

「デュック、リリヌ。応接間でシャルロットについて話をしようか」

シャルロット達を運んで屋敷に戻ったラーロは、応接間のソファーに二人を寝かせて、応接間の椅子に座って話を始めた。

「まず、シャルるんの魔力量は俺よりもかなりの容量だ。初代の大魔女様から受け継がれてきた魔力のためか、しょっぱなから大雨を降らせ、植物を育てる魔法まで使っても魔力の枯渇《こかつ》には陥《おちい》らず、至って平然としていた」

「兄様、それでもシャルロットを」

「わかっている。シャルるんが魔法を問題なく使えるようになるまでは、俺がしっかり面倒を見るよ。それよりも、シャルるんの性格というか、雰囲気が変わったかい？」

「お兄様もお気付きになったの？」

「数年前、俺がリリヌに蹴り飛ばされてシャルるんの足元まで転がった時は、俺と目も合わせず、無表情で『伯父様《おじ》、ご機嫌よう』と言って去っていったが……今日、同じような状況で恥ずかしがっていたし、表情が豊かになったと言うか……恋する女の子はああも変わるものなのか？　感受性が豊かになったことで魔法のイメージも強くなったってところかな」

「シャルロットも成長しているんだな……」

デュックは娘の成長をしみじみ感じていた。

「ところでデュックは、シャルるんが連れてきた三人を知っているのか？」

「いや、三人とも初めて見る顔だよ」

(シャルるんは説明していないのか。デュックが敬《うやま》う竜人様だと知ったら腰を抜かすだろうな)

苦笑を浮かべるラーロの前で、デュックとリリヌが盛り上がり始める。

「あぁ、そうか。シャルロットは今、竜人様と一緒だから、シャルロットのために心優しい竜人様がご自分の従者をつけてくださったんだ。その従者は身を挺《てい》してシャルロットを守ってくれていたな」

「それだわ。シャルロットは心優しい竜人様と一緒にいて穏やかになったのよ」

「そうだな。ラーロ、シャルロットを変えたのは竜人様だ」

(あーぁ。いつものやつが始まった。二人の竜人様びいきが)

そうして、ラーロはそそくさとその場から立ち去ったのだった。

★　☆　★

「さあ、お昼が出来たわよ！」

「食べてください」

あの後、眠らされていたわたし達が目を覚ましてから、お母様とマリーが作った昼食を応接間で取った。チーズホットドッグにチシャの葉スープ、リンゴたっぷりアップルパイが前に並んだ。

昼食を終えた後は、わたしとシンラ君達は応接間でまったりしていた。

お父様とラーロさんは前に納品したチシャの葉のことで話があると連れ添って書斎に行き、お母様とマリーは調理場で後片付けをしている。

程なくして、ラーロさんとの話が終わったのか、お父様が応接間の扉を開けた。

「シャルロット、そろそろ森に行くか？」

「はい、お父様。シンラ君やパストさん、セーリオさんもよろしいですか？」

お父様はみんなを見て考える。

「うむ、いいだろう。竜人様の従者の方達だ、君達ならいい。ついてきなさい」

シンラ君達は喜び、お父様に頭を下げた。

「ありがとうございます、デュック公爵」

そして、すぐに荷馬車を用意してくるからと、お父様は屋敷の裏手に回った。

エントランスで待つと、しばらくして荷馬車が屋敷の前に止まる。

「シャルロット、荷馬車の後ろにみんなで乗りなさい」

「はーい、お父様！」

シンラ君が先に荷馬車の後ろに乗り込み、荷馬車の中からこちらへ手を差し出してくれた。

「シャルロットお嬢様、手を掴んで」

「ありがとう、シンラ君」

みんなで荷馬車に乗り森に向かう。ラーロさんはエントランスに立てかけてあった竹ボウキを手にすると、それに跨《また》がり、地面を蹴って空高く舞い上がった。

「わぁーっ！　凄い、竹ボウキで空を飛んだわ」

「すごいだろう。シャルるんなら乗せてあげたいけど、これで飛ぶには下準備が必要なんだ、悪いね！」

上空からそう声をかけてきたラーロさんはさらに高度を上げて、先に森へと向かった。お父様が操る荷馬車は東に進んでいく。

お父様は森に着くちょっと前で荷馬車を止めて、空を飛ぶラーロさんに手を振り合図を送る。

「危険がないかラーロが見てくれる。少しここで待とう」

その言葉通り、ラーロさんが森の周りに誰かいないか空から見て回っている。前に見せてもらったお母様の鈴は、もう少し森に近付かないと効果を発揮しないらしい。一通り森の上を飛び回ったラーロさんが、荷馬車近くまで降りてきた。

「デュック！　大丈夫だ。森の周りには誰もいなかったぞ！」

「ありがとう、ラーロ。シャルロット、皆さん、大丈夫みたいですので参りましょう」

お父様は再び荷馬車を動かし、紅葉が綺麗な森の前に停める。ラーロさんも着地した。

荷馬車を降りたシンラ君は森を見て何かに気が付き、驚きの声を上げる。

「な、な、なんだ！　この緑色に光る門は？　森の周りが壁？　城壁？」

「どうした？　シンラ」

「僕達の前に緑に光る門が見えてるんだ。森の上は障壁のような緑の光に包まれていて……なんだここは？」

「ほう、チビ竜の一人にはこの門が見えるか……」

ラーロさんが感心の声を上げた。シンラ君もこの森の門が見えているんだ。わたしもこれで目にするのは二度目となる門を見上げた。

「立派な門ですよね」

「シャルロット嬢もこの門が見えるのか」

「はい」

そこで、森の門のすぐ側にいるお父様が門に手をかざす。

「今開けますので、皆さんお待ちください」

みんなが見守る中、お父様は門に手をかざしたまま呪文を唱える。

「【開錠】」

お父様の手の甲が光り、緑の魔法陣が見えた。ガチャリと鍵の開く音が鳴り、門がキィーッと音を立てて開く。それと同時に、森の周りを覆《おお》っていた緑色の光も消えた。

「森の門が開きました。さあ、中へ入りましょう」

お父様の後に着き、みんなと門をくぐる。わたしも後に続き門を通ったら、やはり前と同じく体にピリッと刺激を感じた。

(前と同じだわ、何か透明な膜のようなものを通った感じがする)

まるで別の世界に入ったみたい。わたしの後に門を通ったパストさんは何事もない様子で、シンラ君とセーリオさんは通りざまに一度振り向き門を見ていた。

澄んだ空気、温かな風。森の中に入るとやはり雰囲気が違う。しかし……外から見る分には、なんの変哲もない紅葉が生《お》い茂《しげ》る森だ。

わたしの後ろを歩いていたシンラ君、パストさん、セーリオさんの枯れ葉や草を踏む足音が止まった。

どうしたのか気になり振り向くと、三人は驚きの表情を浮かべて、空を見上げ木々を見回す。

「とうの昔に忘れていた、国の北の森と同じ匂いがする……なんて懐かしい匂いなんだ」

シンラ君は目を瞑《つぶ》ると、体中に空気を吸い込み、何かを愛しむような顔になった。

パストさんは森を、何度も見回している。

「ヤベェよ。シーラン、リオ、なんだここは！　俺達が小さな頃に遊んでいた森の香りがするじゃないか！」

「ええ、国の北の森はとうに枯れてしまい、もう二度と見られないと思っていました。これは幻《まぼろし》でしょうか、私達が過ごしてきた森とこの森は、雰囲気や香り、風までもが似ています」

森を見上げ歓喜の声を上げるみんなを見ていると、お父様の呼ぶ声が聞こえた。

「どうした、シャルロット？」

前を歩いていたお父様とラーロさんが、ついてこないわたし達を心配して足を止めている。

わたしはお父様の方を向き、微笑んで答えた。

「大丈夫ですお父様。わたし達は少し森を見てから、中央の畑に向かいます」

「そうか、わかった。ゆっくり見てから来なさい」

お父様とラーロさんは、森の中央にある畑に向かっていく。

そうして改めてシンラ君達の様子を見て思う。やはり、この森はお父様が言っていた通り、竜人様の国に繋がっているのかもしれない。

デュック家が竜人王様から受け渡され、代々守り抜いてきた森。

お父様がお爺《じい》様から受け継ぎ、大切にしている森。

シーラン様達が足を止めて、歓喜に酔いしれる森。

「よかったね……みんな」

心の底から声が出た。その声に気が付き、わたしに微笑みかけるシンラ君。

「ああ、俺達はシャルロットと知り合ってから、毎日君に元気を分けてもらっていた。そして今日は故郷の北の森と似た、この森に来られるなんて……なんという幸せな日だ！」

いつもは大人びた表情を浮かべるみんなだけど、今日は年相応と表現するべきか、無邪気に笑う少年のように見えた。

「さて、シャルロット。行こうか」

「はい、お父様は森の中央の畑にいます。シーラン様、リズ様、リオさん、行きましょう」

「あーっ、違うよ。シンラ、パスト、セーリオだよ。シャルロットちゃん！」

「ふふっ、パストさんも違いますよ。シャルロットお嬢様でしょう」

「ははは、間違えちゃったー」

「俺は兄上のようには間違えないぞ。シャルロットお嬢様」

「わたしもですよ。シンラ君」

そう笑い合ったわたし達は森を歩き、お父様の後を追って中央にあるチシャの畑に着いた。どの畑にもチシャの葉が青々と育っている。

お父様とラーロさんは、前にわたしがお父様と育てた畑のチシャの葉を調べていた。残っている葉をちぎり、食べては、何か相談している様子だ。

「お父様、わたし達は奥のラベンダー畑に行ってきます」

「ああ、行っておいで」

お父様の許可を取り、わたしが先頭を歩き、みんなでレキン湖に向かった。

「お父様から聞いた話だと、ここは竜人王様の側近だった初代デュック公爵が竜人王様に託された森なんですって！」

わたしの説明に、シンラ君がしみじみと頷く。

「そうか……俺達はそんな昔から繋《つな》がっていたんだな」

やがてレキン湖に着いた。湖の辺りにはラベンダーや色々な花が咲き、前に来た時と同様に、湖の真ん中の島には竜人様のお墓が見える。

「ここが、みんなを連れてきたかった場所なんです。湖に浮かぶ中央の島は竜人様のお墓だと聞きました」

シンラ君達は足を止めて、そのお墓を見た。

「あれが、竜人のお墓？」

「まさか、まさかねー」

「もしかして、あの図鑑の最後に映った森とは、ここでしょうか？」

「それはわからないのだけど、もしかするとそうなのかも」

すると、シンラ君が頷いてセーリオさんの方を向く。

「シャルロット、ちょっと待ってくれ。リオ」

「わかりました。【メタモルフォーゼ】」

みんなは竜人の姿に戻り、お墓の方を向いて胸に手を当て、黙祷《もくとう》を捧げた。

「この墓が……レークスお祖父様《じい》とキャサリンお祖母様《ばあ》の墓かもしれないんだな。俺達は必ず竜人の国を守ります」

「俺に出来ることは精一杯やり、守り抜くと誓う」

「リズ様、シーラン様のお役に立てるよう、日々尽力《じんりょく》いたします」

みんなに続き、わたしも思いを伝える。

「わたしに何が出来るかはわかりませんが、みんなが笑顔になれるように力を尽くします」

「シャルロット、ありがとう」

わたしは手を上げ、「ラベンダーよ咲いて」「花達よ咲いて」と願い、池の周りを手を上げて走り回った。わたしの願いが届いたのか、ラベンダーや花達は来た時よりも綺麗に湖の辺りを彩《いろど》っている。

「綺麗だ……シャルロット嬢も、その魔法も、すべて素敵だ」

「そうだなシーラン。本当に素敵な魔法だ。俺は彼女こそが聖女だと願いたい」

「リズ様、私もです。花達が生き生きと水辺の辺りに咲き誇る……シャルロット様はなんて綺麗な魔法を見せてくれるのでしょう」

しばらく、みんなは静かに湖を眺めていた。

「シャルロット」

シーラン様が真剣な面持ちでわたしの名前を呼び、前に立つ。彼は胸に手を当て、膝をつき頭を下げた。

「シャルロット・デュック嬢、五日後に俺達の国に来ていただけませんか?」

それはフリーゲン国で、わたしが聖女であるかどうかを調べるためだろう。

本音は怖い……期待が大きいだけに、わたしが聖女じゃないと知ったら彼らはがっかりするだろう。

それでも、わたしはわずかな希望をのせて返事をする。

「はい、喜んで!」

微笑みスカートを持って一礼をした。モフカが聖女であることは明確だけど、竜人の国で彼らのためにできることを見つけたい。

そうしてみんなでレキン湖から散歩をしながら、チシャの畑まで戻った。

お父様とラーロさんは二人で肩を並べて、まだ畑を見て会話をしている。

「デュック、大丈夫だ。魔法回復の付与がなくても取引は変わらないと言っていたから、安心していい」

「それはありがたい、これからもお願いします」

ラーロさんに頭を下げていたお父様は、わたし達が戻ったことに気付くと手を上げた。

「シャルロット、用事は済んだかい」

「はい、お父様ありがとうございました」

シーラン様達はここ戻る前に、もう一度【メタモルフォーゼ】を唱えて、来た時の姿に戻っている。

「さてと、俺の用事は済んだことだし、家に戻るよ。シャルるん、二日あげるから、それまでにイメージと魔力調整が出来るようになりなさい。……ダメだったら、魔法の使用を禁止するからね」

「魔法の使用禁止！」

「だから二日間で頑張りなさい！」

それだけ言うと、ラーロさんは竹ボウキに跨《また》がり、森の外へ飛ぼうとした。

「待ってラーロさん。魔力調整のコツは？」

「自分の体で覚えることが一番だな。色々と試すといい。楽しみながら魔法を使え。そうだ、これだけはシャルるんに言わないと。決して魔法を人に向けて打たないように」

「はい、わかっています。今日はありがとうございました。気を付けて帰ってね！」

「それじゃあ、二日後に会おう。シャルるん達も気を付けて帰りなさい」

そうしてラーロさんは地面を蹴って飛び上がった。

「シャルロット、リリヌも心配しているだろうから、私達も帰ろうか」

「はい、お父様」

それから森の外へ出てお父様が施錠の呪文を唱えると、門が閉まり、森を緑色の光が覆《おお》う。

お父様の操る荷馬車を屋敷へと走らせ、家に着く頃には夕暮れを迎えていた。

それからお父様とお母様に帰りの挨拶《あいさつ》をし、二日後にまた来ることを伝える。

「わかった、二日後に城へ馬車を送ろう。それでやっておいで。これはお土産《みやげ》だ。竜人様とご一緒に食べなさい」

「ありがとう、お父様」

お父様から採れたてのチシャの葉をたくさんいただいた。

「シャルロット、背伸びをせずにあなたのペースで魔法を覚えなさい」

「わかりました、お母様。さあシンラ君、パストさん、セーリオさん、マリー。城に帰りましょう」

「そうだな、帰ろうか、シャルロット」

シンラ君に手を借りて馬車に乗り込んだ。そのわたし達の後ろでは、パストさんとセーリオさんも言葉を交わしている。

「さあ帰ろう、今日はいい日だった。あとは風呂に入ってゆっくりしたい」

「ええ、いい日でしたね。また明日から頑張れそうです」


馬車は家を出発して城へと戻っていく、帰りの馬車の中でシンラ君とパストさん、セーリオさんが、またわたしに頭を下げた。

「ありがとうシャルロット、素敵な場所を俺達にも教えてくれて、感謝をする」

「デュック家があの森を代々守り抜いてくれたから、レークスお祖父《じい》様とキャサリンお祖母《ばあ》様の墓を見ることが出来た、ありがとう、シャルロットちゃん」

「なんとお礼を申し上げたらいいかわかりません。ありがとうございました、シャルロット様」

「ちょっと待ってシーラン様、リズ様、リオさん。森を今守っているのは、わたしじゃなくてお父様よ。お礼は今度、竜人様の姿でお会いした時にお父様へ言って差し上げて。きっと喜ぶわ」

「わかった。また時間を作って、今度は元の姿で会いに行こう」

「だな、シャルロットちゃんのお父上には、しっかりとお礼を言わないとな」

「そうですね。その時には何か手土産《てみやげ》を持参しないといけませんね、考えておきます」

その後も、今度森に行く時にはお弁当を持って行こうとか、森の中でお昼寝をしたいとか、話が盛り上がった。ふと気付くと馬車は城の停留場に到着していた。

シンラ君の手を借りて、馬車から降ろしてもらった。

「シーラン様、ありがとう」

「さて、部屋に戻って休もうか」

「はい」

みんなで部屋に戻ったら、お父様に貰ったチシャの葉を食べようと話す。

その時、城の方からこちらに誰がか走ってくる足音が聞こえた。それに気付くパストさん。

「おい、誰かが停留場に走ってきているぞ！」

その声に、みんなの目線が城の入り口の方へ向く。その人物はランタンの明かりに照らされ、わたしを見つけると声を上げた。

「シャルロット嬢、帰ってくるのを待っていたぞ！」

おでこに包帯を巻いた王子が血相を変えて、わたしに詰め寄ってくる。

「ラスター殿下、ご機嫌よう。何かありましたか？」

「挨拶《あいさつ》なんていい、いますぐ来い、話がある！」

王子が強引にわたしの手首を掴んだせいで、手首に爪が食い込んだ。

「痛《いた》っ！」

「お待ちくださいクレア殿下、シャルロット様を離してください」

シンラ君が行かせまいと、王子からわたしを引き剥《は》がし、背に隠す。

「貴様！　従者の癖に俺の邪魔をするな！」

リズ様は王子に頭を下げた。

「申し訳ありません、王子。私どもの主《あるじ》に危害を加えるなら、お守りしなくてはなりません」

「貴様！　俺を誰だと思っている！」

それに、パストさんがニコニコ笑って答える。

「知っておりますよ。この国の第一王子のクレア様ですよね。それがなんだというのですか？　ご主人を傷付けようとするあなた様から、俺達は自分の主人を守りますよ」

「ぐぬぬっ」

わたしが一人だと思っていたのか、ラスター殿下の側にはセバスチャンがいなかった。

「なんでもいいから、明日モフカ嬢に謝罪して城に呼べ！　貴様に会いたくないと言い、城に来なくなったんだ！　それにあの返された図鑑が偽物だとも言っている。お前は本物をどこに隠した？」

「あの図鑑が偽物？　わたしが本物を隠した？　どうしてモフカさんは偽物だと思ったのでしょうか？」

「知るか。モフカが偽物だと言ったら偽物だ」

モフカがそう言ったから、図鑑をちゃんと調べもせずに偽物だと決め付けたのか、呆れてしまう。

「では、こうしたらどうでしょう？　『シャルロットがシーラン様について大切な話があると言っていた』と、彼女に伝えては。彼女は城に飛んでくるのではないでしょうか」

「どうしてそこでシーラン王子の名前が出るんだ！」

「さあ、それはモフカさん自身にラスター殿下からお聞きください。わたしどもはこれで失礼します。ご機嫌よう」

後ろでまだ何か言う王子を置いて、振り返らずにシーラン様達と部屋に戻った。


次の日の朝早くに、王子からの伝言をマリーが受けた。

『今日の午後、モフカ嬢が来ることになったから、わたしも大庭園に来るように』だそうだ。

その話を全員が集まった朝食の席でしたら、みんなは呆れ顔を浮かべた。

リズ様は朝食のチシャの葉サンドを食べながら、わかんないなーと首を捻《ひね》る。

「どうしてそこまであの子に執着《しゅうちゃく》するんだろう？　あの子のせいで頭に怪我までしたのに、そんなに城に呼びたいんだ」

それにみんなが頷く。

「あの子が来るのは今日の午後か……今度こそ俺が従者としてシャルロット嬢についていこう」

と、シーラン様が付いてきてくれることになった。

朝食後、シーラン様達の見送りをしたわたしは魔法の練習をしようと思い、小庭園の隅に向かう。

わたしは誰も来ないであろう小庭園の奥の隅っこに、ひよこ豆の畑を作ろうと決めている。

植えるためのひよこ豆も準備した。

ここまではよかったのだけど——


しばらくした後、小庭園の隅から走って部屋まで帰ってきたわたしは、かなり動揺していた。

シーラン様のリビングのソファーに座り、クッションを胸に抱きしめてドキドキしている。

やばい、やばい……わたしったら、なんてことを！

午後は王子とモフカに会わなくちゃいけなくて、イライラしていたせいかもしれない。

調子に乗りすぎたわたしは、城の西側の城壁に魔法で穴を開けてしまった……芝生《しばふ》にも、無数の穴ぼこを作っている。

そこにはまた明日ひよこ豆を植えるからいいとして、問題は城壁の穴だ。あれは小さな穴だけど貫通しているだろう。……水鉄砲をイメージしたのが悪かった。もし大砲だったら、城壁を破壊していたかもしれない。

このままでは二日後に控える魔力の試験で、魔法のイメージや魔力調整なんてままならず、ラーロさんに水魔法を使わせてもらえなくなる。それだけは避けたい！　雨……優しい雨をイメージしよう。

そうしてわたしはソファーに座ったまま、雨のイメージトレーニングをする。

しばらくすると玄関が開き、調理場からシーラン様が帰ってきた。

「お帰りなさい。シーラン様、お仕事ご苦労様です」

「ただいま、シャルロット。こうやってすぐに出迎えてもらうのはいいな」

シーラン様は嬉しそうに微笑むと、着替えてくるからと部屋に入っていった。

そして、わたしの従者として燕尾服《えんびふく》を着たシンラ君の姿をとって後についてくる。

大庭園に着くと、庭園の端のテーブルには王子とモフカの姿が見えた。わたしはそこに近付き会釈《えしゃく》をする。

「ラスター殿下、モフカさん、ご機嫌よう」

二人からは挨拶《あいさつ》ではなく、文句が返ってきた。

「シャルロット嬢、来るのが遅い！　いつまでモフカ嬢を待たせるんだ！」

「午後と言ったので、その通りに参りましたけど？」

王子とのやり取りの途中、いつにも増して頭に大きな花を載せたモフカが、話を中断させる。

「シャルロット、シーランの話って何？　早く教えて！」

早く早くとうるさいモフカを尻目に、シンラ君が椅子を引いてくれたので、王子とモフカの前に座った。

「早く言いなさいよ！」

「そうだ、早く言え！」

モフカはシンラ君の正体に気が付くかと思ったけど、彼を見ても何も言わない。わたしはテーブルに片肘をつき、意地悪っぽく話し出した。

「ねえ、モフカさん、聞いてくださる？　わたし……シーラン様に誘われて、五日後に竜人の国へ行くことになりましたのよ。オホホホッ」

その言葉にモフカは勢いよく立ち上がり、彼女の座っていた椅子が芝生《しばふ》の上に倒れた。

「えーっ！　どうして聖女のあたしじゃなくて関係のないあんたなのよ！　力のないあんたじゃダメよ、あたしが行かないと、シーランの国は助からないんだから！」

自分を聖女だなんて、よく言うわ。図鑑のスライムすら見えないのに。

でも、竜人の国のためには彼女にちゃんとした聖女になってもらわなくてはいけない。

「そこでモフカさん、あなたも竜人の国へ行きましょう？　それでシーラン様の国に行くまでの間、ご一緒に魔法の練習をいたしませんか？」

モフカは一人だと何もやらないから、一緒にやればいいと思って提案をしたのだ。

しかし、モフカは激しく嫌がる。

「嫌よ！　あたしはやらなくても大丈夫なの、聖女だもの！」

彼女は聖女を強調した。

「おい、シャルロット嬢！　貴様、魔法の練習と言ってモフカ嬢をいじめるつもりじゃないだろうな！」

『関係のない王子は喋らないで』と言いたいけど、無視。モフカ……あなたは魔法の練習をやらなくても大丈夫なんだ。何もせずにシーラン様の国に行くつもりなんだね。

「そうですか……ご一緒に魔法の練習が出来ると思っていたので、残念です」

「俺を無視するな！」

「ねえ、シャルロット。話はそれだけ？　終わった？　じゃあ、あたし帰って準備をするわ」

「おい、待て、モフカ嬢。この後は俺とお茶をする約束だろう」

慌てて王子が指差した先は大庭園の一番見晴らしのいい別席で、メイドがお茶の準備をして待っていた。しかし、モフカは王子に手を振る。

「それはまた今度ね。あと五日しかないの！　早く帰って肌のお手入れに、髪を整えて、何を着ていくか決めなくっちゃ」

彼女は自分を呼び止める王子を無視して、うきうきとスキップするかのように馬車の停留場に向かい、男爵家に帰っていった。

「ラスター殿下。わたしも話は終わったので帰ります」

王子が何か言い出したら面倒なので、さっさと大庭園を後にする。大庭園では何も言わずにいたシンラ君は部屋に入ってすぐシーラン様の姿に戻ると、わたしに詰め寄った。

「シャルロットは何を考えてるんだ！　あいつは嫌だ、俺の国に連れていかないぞ」

「だってあの子は自分を聖女だと言ったから……もしかすると、そうかもしれないじゃない。可能性にかけようと思ったの」

「しかし、さっきのあれでは……」

「わたしもそれは思った。彼女と一緒に訓練を始めたら『シャルロットに負けるか』って、魔法の練習をすると期待してたの、あの子だってシーラン様の国を助けたいと真剣に願っていると信じてたから」

出来れば、一緒に力を合わせて竜人の国を助けたかった。なのにあの子は、竜人の国について考えるそぶりすらない。モフカしか助けられないのに。あなたは聖女の力を持っているくせに。

どうしてその力をもっと、シーランのための使おうとしてくれないの。

声にならない気持ちが溢れて、ポロッと涙がこぼれ落ちた。これではシーラン様を困らせてしまう。

「ごめんなさい……夕飯まで部屋に……もどっ……」

シーラン様から離れようとしたのに、気付けば彼の腕の中だった。

「君しかいない！　こんなにも必死に俺達の国を思ってくれているのは、シャルロット……君しかいない」

「当たり前よ、シーラン様やリズ様、リオさんの大切な国だよ、助けたいわ。でもね、わたしにはそんな力がないの！」

悔しくて悔しくて仕方がない。

わたしはシャルロットになったこと自体は後悔していない。でも、悔しい！　聖女の力を持っていて、シーランのことが好きだと言うくせに何もしないモフカ、あなたの聖女の力がわたしは欲しい。

シーランの胸の中で泣きじゃくるわたしに、彼の優しい声が降ってきた。

「泣くなシャルロット。俺は今とても幸せだ。どうしてだかわかるか……それはシャルロットに会えたからだ。竜人としての姿を見ても驚かず、チビドラになった時さえ優しく手を差し伸べてくれた君がいるから、俺は幸せだ」

「わたしもだよ、あなたに会えてとても幸せ……」

シーラン様が側で幸せそうに笑ってくれる、それだけでわたしは舞い上がってしまう。

そうして二人で盛り上るわたし達の背後から、雰囲気を壊す声が聞こえた。

「シャルロット、俺は幸せだよ」

「シーラン様、私も幸せです」

リズ様とリオさんの声だ……！　もう、からかうなんて！　仕事が終わって帰ってきたのね。振り向くと二人は玄関に並んでわたし達を見ていた。

慌てふためくわたしの頭上から、ふーっとシーラン様の深いため息がして、機嫌の悪い声が聞こえる。

「いつもだ！　いつも、シャルロットといい雰囲気になった時に帰ってくるよな、兄上とリオは！」

「……見られて恥ずかしい」

私も口を開くと、シーラン様に指摘された。

「耳まで真っ赤だものな」

「え、嘘っ！」

彼の胸から顔を上げたら、シーラン様は目を細めてわたしを見ていた。

「俺だけの……シャルロットの泣き顔」

「うっ……！」

「シャルロットの頬がまた赤くなった。その泣き顔は誰にも見せたくないから、部屋に戻って顔を洗っておいで」

「……はい」

そうして部屋に戻り洗面所で顔を洗った後、シーラン様の部屋に入りづらくなったのは言うまでもない。

「シャルロットお嬢様、夕飯の支度に行ってまいります」

「う、うん。……行ってらっしゃい」

マリーが夕飯の支度に出ていっても、わたしは自室のリビングを行ったり来たり。恥ずかしい！　どんな顔をして入ればいいのよ！

迷うわたしに、隣からリズ様の声が聞こえた。

「シャルロットちゃーん。リオが今日、書庫から図鑑を持って帰ってきたんだよー。一緒にルーン文字の勉強しよう？」

(ルーン文字は習いたい！)

「図鑑を開いて、先にスライムを見ちゃおうかなー？　ほら、ビヨヨーーンって」

(スライム！)

結局、誘惑に負けて扉を開けたら、シーラン様とリズ様、リオさんは三人とも扉の前にいた。

「シーラン。俺の言った通りだろう、ほらスライム見たさに出てきた」

あまりの驚きに扉を閉めようとするも、リズ様に手を引かれて、シーラン様の部屋の中に引っ張り込まれる。

「シャルロットちゃん、夕飯まで俺達とルーン文字の勉強をしよう。さあリオ、図鑑を開いて」

「はい、リズ様」

リズ様の言葉に、リオさんがソファー前のテーブルに図鑑を開いて置いた。

「シャルロットちゃんはここに座って。シーラン、そこに突っ立ってないでシャルロットちゃんの横に座れ！」

「あ、ああ」

わたしとシーラン様がソファー前のテーブルにつくのを見て、「さて、俺は定位置に！」とソファーに寝っ転がるリズ様。

「ほれほれ、リオも始めて！」

「では、第十回ルーン文字の勉強会を始めましょうか」

「はい！」

「リオ、よろしく」

一緒になって勉強をしてくれるシーラン様と、ソファーでまったり寛《くつろ》ぐリズ様。その日はたくさんルーン文字の勉強をみんなで出来て、楽しかった。

『魔法の具現化は強いイメージだよ』

魔法使いのラーロさんはそう言う。

その夜、日課としてつけている日記にそう書き記すとベッドに潜《もぐ》り込んだ。水魔法のイメージについて考えながら、うとうとする。

イメージするにも、この世界ではあまり雨が降らない。わたしがシャルロットになってから見た雨の日は、数えられるほどだ。雨が降らなければ魔法で降らせるから、そう問題視されることもなかった。

雨のイメージ……前世では梅雨《つゆ》になると、ほぼ毎日雨が降っていたよね……明日はひよこ豆を植えて、そこに魔法の雨を降らしたい……な……

あれ？　……しとしとと雨の音がする。

『雨って、気持ちがいいよね！』

ふと気付くと、雨が降り頻《しき》る中、傘もささずにはしゃぐ女の子とそれを注意するボブカットの女の子がいた。

『ちょっと、傘を持っているんだからさしなさいよ！　髪の毛と制服がビショ濡《ぬ》れだよ？』

『あー、クレア王子とモフカの、雨の中のデートシーンを思い出しちゃうよ』

『聞いてないし。はいはい……また始まったよ。ほんと風邪を引くよ！』

『大丈夫！　そして、二人は雨の中で手を取り合って見つめ合うの！』

雨に濡《ぬ》れながら妄想にふける女の子。

多分それは、前世で王子を好きだった頃のわたし。

この日は、ゲームのイベントでそのシーンを見た直後で、興奮が治まらず『雨に濡《ぬ》れたい』と言い出したんだっけ。そんなわたしに呆れ顔をしていた友達を思い出した。

ふいに、当時のわたしの頬に当たった雨の滴《しずく》の一粒一粒の感覚が蘇《よみがえ》ってくる。その時、ボブカットの女の子が語りかけてきた。

『どう？　はなちゃん！　これが【雨】だよ。思い出したかな？』

「うん！　ありがとう。ゆきちゃん！　思い出したよ！」

そう叫ぶと、ボブカットの女の子は懐かしい笑顔で応《こた》えた。わたしがセーラー服のスカートを摘《つま》んで会釈《えしゃく》をすると、笑顔の彼女もまた同じように会釈《えしゃく》をしてくれる。

『どういたしまして』

笑う彼女が光に包まれて消えていく。わたしは彼女に精一杯手を振った。

……ありがとう。


次の日の朝。ほんわかした温かな気持ちで目が覚めた。久しぶりに会えた友達を思い出して……胸がキューッとなり、マリーが来るまでの間、泣いてしまう。

「忘れないからね」

雨の感覚を覚えているうちにと、朝食の後、みんなが仕事に出てすぐに小庭園の隅へ行き、昨日開けた畑の無数の穴ボコに、ひよこ豆のタネを蒔《ま》いた。

ここからが勝負所だと、お父様直伝の動きをしながら、植えたひよこ豆の周りを回る。

「ひよこ豆、生えろ」

「ひよこ豆、生えて！」

ひよこ豆を植えたばかりの土が盛り上がり、ぴょこぴょこと青葉を出した。

それから、昨日夢の中で感じた雨を思い出して、イメージをふくらませ、両手を真上に伸ばして呪文を唱える。

「【レインブラスト】」

わたしの掌《てのひら》に水色の魔法陣が現れ、そこからポタポタと魔法の雨が降る。

上を向いたわたしの顔に、優しい雨が降った。

「やったーっ！　雨だ！　優しい雨を降らせられた！」

魔力調整も上手くいき、しばらく夢で見た優しい雨を降らせ続けた。ひよこ豆の畑と……自分の上にもその雨はなかなかやまず、魔法が切れるまでの間、滴《しずく》を浴び続けた。

「ヘッ……クシュッ！」

おかげで頭から足元までずぶ濡《ぬ》れだ。

ひよこ豆の畑に着てきたワンピースはコットン生地で、よく雨を吸った。

ワンピースが足にまとついて気持ち悪い。これでもかっていうほど重いし、マリーがセットをしたお団子ヘアーは見るも無残。

濡《ぬ》れてボサボサになったこんな姿は、誰にも見せられない！

そう思ったわたしは小庭園の端から出て、スカートを持って走った。

しかし、調理場の裏に差しかかったところで、ジャガイモのカゴを持って裏口から出てきたシンラ君とバッタリ鉢合わせする。

（なんてタイミングの悪さ！）

「よっ、シャルロット様」

「ご機嫌よう、シンラ君」

何事もなかったかのように微笑み、会釈《えしゃく》をして通り過ぎようとしたけど、彼の目はごまかせなかった。

「なんでシャルロット様はそんなにずぶ濡《ぬ》れなんだ？　城の池にでも落ちたのか？」

「池になど、落ちていません」

「池じゃないなら誰かに水をかけられたのか？　王子じゃないだろうな！」

いきり立ったシンラ君に、慌てて本当のことを言う。

「違う！　じ、自分でやったの！　魔法の練習をしていて、自分の上に雨を降らせちゃったの！」

「シャルロットが自分でやったのか？」

「うん……だから部屋へ着替えに帰ってもいい？」

「ダメだ、ダメだ！」

シンラ君は行かせないと手を掴んだ。動揺しているのか、口調がシーラン様に戻っている。

「シャルロットは気付いてるのか？　今の自分の格好に！」

（わたしの今の格好？）

「そんなの知ってるわよ。雨に濡《ぬ》れて髪がボサボサで、ワンピースはベタベタです」

「まさか……それだけか？　だからそのまま部屋に帰ろうとしてたのか！」

「そうよ、こうやってスカートの端と端を持って、部屋まで走って帰ろうと思ってたわ！」

実演すると、シンラ君ははぁーっ…と盛大なため息をついた。

「それじゃあ足が丸見えだ！　見つけたのが兄上ではなく俺でよかった。シャルロット、君のワンピースは濡《ぬ》れて体に張り付き、体のラインが丸わかりなんだ……わかった？」

(わたしの体のラインが丸わかり!?　あっ、最近ついた、お腹の周りのお肉！)

「えっ……嘘、やだ。見ないで、シーラ……きゃっ」

シンラ君はわたしの手首を掴み、わたしを軽々とお姫様抱っこをすると、部屋まで走り出す。

「シャルロットは部屋までこのままだ！　ちょっとは周りの目も気にしろよ！」

「……ごめんなさい」

そうしてわたしの部屋の前まで来るとシーラン様の姿に戻り、扉を開けてマリーを呼んだ。掃除中だったらしきマリーは、わたしの格好を見ると慌てた。

「すぐにタオルを持ってまいります」

マリーはお風呂場からたくさんのタオルを持ってきて、テーブルの上に置く。続けて彼女がお風呂の準備に行ったので、シーラン様はわたしをお姫様抱っこにしたまま、ソファーに座りわたしの髪をタオルで丁寧に拭いてくれた。

「お嬢様、お風呂の準備が出来ました」

「温まっておいで、シャルロット」

「はい」

お風呂から出ると、シーラン様がソファーに座り、何かを見ている。

「シーラン様は何を……あ、それはダメ！」

「シャルロットはちゃんとルーン文字の復習をしているんだな」

彼が眺めていたのは、わたしがリオさんに今までに習ったルーン文字を忘れないように書き留めたノート。

「絵まで描いてある」

「だから、シーラン様、ダメだって！」

そう言っても、シーラン様は楽しそうにわたしのノートを見ていたのだった。


「マリー、また小庭園に行ってくるね」

「はい、シャルロットお嬢様」

明日はラーロさんと約束をした魔力の試験日。

午後も魔法のイメージと魔力調整の練習をするため、昼食後にひよこ豆の畑に行く準備をリビングでしていた。準備も終わり、出ようとした時にリビングの扉が開く。そこにはシンラ君ではなく、シーラン様が立っていた。

「あれっ？　シーラン様、お仕事は？」

「明日は魔法の試験だろう、午後の仕事は休みにしてもらった。シャルロット、行くぞ」

「え、どこにですか？」

「俺についてくればわかるよ」

彼はわたしの手を掴むと、どこかへ走り出した。

「早く！　シャルロット、走れ走れ！」

「待って、シーラン様。ヒールを履いているからそんなに速く走れないわ！」

「はは、わかったよ」

そう言いながらも足を止めないシーランに手を引かれた。

彼は小庭園の中を走っていく。この方向は、わたしのひよこ豆の畑に向かっているのだろうか。

案の定、畑に着くと彼は足を止めた。

「ハァ、ハァ……シーラン様、どうして？」

「シャルロットが前に小庭園でコソコソしているのを見かけて、後をついていったんだ。魔法を使うのかと思ってね、それに魔力調整が出来ているか心配だったからさ」

調子に乗って芝生《しばふ》に穴を開け、最後に城壁を貫通させたけど……

「まさか、ずーっと見てたの？」

「楽しそうに魔法を使っていたな……仕事の時間になったから調理場に戻ったけど……さっきはジャガイモを剥《む》きに外に出たらずぶ濡《ぬ》れで俺の前に現れるんだもんな、びっくりしたよ」

「今回は大丈夫です。そんなヘマはしません！」

「ははは、してもいいさ。また俺が抱えて走るだけだから」

「そうなったら、お願いします」

「ああっ、任せろ！」

そうして、シーラン様と一緒にひよこ豆を育てて、雨を降らせた。シーラン様のためにと……その想いが溢れすぎたせいだろうか。

ひよこ豆はニョキニョキと枝を伸ばして、今までに見たこともない大きなサヤをつけた……お化けひよこ豆だ！

二人で驚き、笑い合ってから収穫をした。

その日の夕食はお化けひよこ豆の塩茹《ゆ》でに、ロースト、スープがテーブルに並んだのだった。

★　☆　★

王城の中、窓辺の革張りの椅子に優雅に座り、月明かりに照らされる男がいた。国王である。

「セバス、今なんと申した？　聞こえなんだ……もう一度言え」

「はい、陛下。デュック公爵が毎年の税金と娘の費用の他は、今後は国に納めないと申しております」

「ふむ。そうか……わかった」

(そろそろ、デュックはそう言ってくると思うとった。しかし、わしはお前の隠し持っている秘密の場所を知っておるのだぞ)

調査のために多額の金を使ったものの、国王はリクイド男爵の娘であるモフカより、事細かく森の入り方や中の様子を聞き出していた。

（あれは実り豊かな森だ。なんとしても手に入れたい）

改めてそう考えた国王は、傍《かたわ》らのセバスチャンに命令をする。

「セバス。明日、城の騎士を集めて、出撃せよ。武器の準備も怠《おこた》るな！」

「わかりました、騎士団長に伝えておきます」

何度かその森の付近に騎士を送ったものの、何か対策をしたのかデュック公爵を捕まえ損ねていた。先月まではデュック公爵が言われるがままに金を納めていたため、国王は目を瞑《つぶ》っていたが、こうなれば話は違う。

「そうじゃな……夜が明ける前にここを出れば、奴もベッドの中で油断をしておるはずだから、そこに踏み込めばよい！　明日はわしも出るから、馬車の準備もしておけ」

「かしこまりました、陛下」

セバスチャンは頭を下げると部屋を出ていった。それを見送った国王は、満足そうに笑い出す。

「これで、お前の森はわしのものだ！」

（奴の森さえ手に入れば、わしの懐《ふところ》はさらに温かくなる！）

それを想像した国王は、高らかに宣言したのだった。

「ははは、デュックよ！　首を洗って待っておれ！」

★　☆　★

ラーロさんの魔法試験の当日。

「ふうっ……よし！」

朝早く起きたわたしは、気合を入れる。

今日、イメージと魔力調整が上手く出来ないと魔法の使用が禁止されてしまう。邪魔にならないよう、マリーに髪型をポニーテールにしてもらった。ゲン担《かつ》ぎで、水にちなんだ水色のワンピースをクローゼットから取り出して着替えている中、寝室の扉をノックする音が聞こえてくる。返事をする前に扉が開いた。

「朝早くにすまない、シャルロット！」

半裸のわたしと、珍しく寝巻き姿のシーラン様の目が合う。

「「あっ！」」

半裸を見られているわたしよりも、扉を開けたシーラン様の方がフリーズしていた。

わたしは素早く彼の方へ行き、固まっている彼の両目を両手で優しく塞いだ。

「だ、大丈夫ですか？　何かあったのですか？」

「も、申し訳ない、着替え中に。我が国の様子がおかしいと、先ほどシズ婆《ばあ》から連絡が入った。すぐに兄上とリオと一緒に様子を見に行ってくる。今日はついていってやれなくてすまない」

わたしは頭を下げるシーラン様にしがみついた。

「わたしもシーラン様の国についていきたいのが本音です」

「シャルロット、国で何が起きているかわからない状態で、君を……」

「わかっています。だけど、わたしはシーラン様を困らせたくないから……ここで待っています！」

「そうか……ありがとう。行ってくるよ」

シーラン様はそう言うと、自分の部屋へ戻っていった。わたしはシーラン様の国について行けないけれど、何かしてあげたい。

「マリー。昨日のひよこ豆の残りがあったわよね。あと何か見繕《みつくろ》って、それをシーラン様達にお弁当として渡しましょう！」

「かしこまりました、シャルロットお嬢様」

マリーと二人、キッチンで用意出来るだけのひよこ豆とサンドイッチをバスケットに詰め込んだ。

その間に準備が整ったのか、シーラン様の部屋の扉が開く音がした。わたしはバスケットを大事に抱えて彼のところへ向かう。

「シーラン様、どうぞ、これを持っていってください」

「これを俺に？　シャルロット、ありがとう」

リズ様やリオさんも暗い表情で部屋から出てきたけど、わたしと目が合うといつもの笑顔を見せて挨拶《あいさつ》をしてくれた。

「おはようございます、リズ様、リオさん。行ってらっしゃい、気を付けて」

「リオ、転送の準備を頼む。兄上、行くぞ！」

「わかった。じゃあ、シャルロットちゃん、またね」

「かしこまりました。シーラン様。では、行って参ります」

三人は部屋の中央に並び、シーラン様がわたしに手を振った。

「気を付けてね。シーラン様」

「【転送・開始】」

そうして、シーラン様達は眩《まばゆ》い光の中へ消えていった。


その後、わたしは実家に出かけるため、マリーに残りのサンドイッチをバスケットに詰めてもらい、軽く朝食を済ませた。停留場で馬車を待っていたけど、家からの馬車がいつになっても来ない。お父様の仕事が忙しくて忘れているのかと思い、貸し馬車を呼んで、それで家まで帰ることにした。

そうして乗り込んだ馬車はのんびりと進んでいく。この揺れ具合が眠気を誘う。

屋敷までもうすぐのところで、馬車が急に止まった。

「きゃっ！　何？」

「シャルロットお嬢様！」

急な停止で前のめりになった体をマリーが受け止めてくれる。外の様子が気になって、窓にかかるカーテンをめくろうとした時、マリーに「ダメです」と小声で止められた。彼女の顔を見ると、緊張した表情をしている。

「何者！　盗賊か！」

従者の叫ぶ声が馬車の中まで届いた。

その後、しばらく外で話し声が続いていたけど、はっきりと聞き取れない。

聞き耳を立てようと扉に近付いた、その瞬間、黒いローブを纏《まと》った男が扉を開けて乗り込んできた。手には竹ボウキを持っている。

「誰⁉」

「シャルロットお嬢様！　お下がりください」

マリーはわたしを守るように前に出た。しかし、男は手に持った竹ボウキを振り回すこともなく、わたし達の横へ自然に腰を下ろしてため息をつく。

フードから見えるシルバーの髪。その隙間から覗くエメラルド色の瞳がわたしを見つめる。

「驚かせてごめーん。俺だよ、ラーロだ。シャルるん」

そう言うと、男はフードを取ると同時に、額《ひたい》の汗を拭《ぬぐ》った。

「えっーーー！　ラーロさん？」

「やぁ、おはよう！　シャルるん、マリーさん」

「どうしてラーロさんが馬車を止めたの？」

わけがわからず困惑をしていると、ラーロさんは説明し始めた。

「それがさ、シャルるん。落ち着いて聞いてね。俺も今、デュックの屋敷へホウキで飛んできたんだけどね、屋敷が騎士によって包囲されていたんだ！　俺も危《あや》うく騎士に見つかりそうになって、屋敷から引き上げてきた。見える範囲はすごい有様だったよ。庭は踏み荒らされていて、君とチビ竜君が育てた新芽も潰されている。争った後なのか……ガラスも割れていて、エントランスの床が壊されていた！」

わたしが馬車を降りて家に向かおうとすると、ラーロさんに腕を掴まれた。

「ダメだ、今君が行ったとしても、すぐ騎士に捕まるのは目に見えている！」

「そんな！　お父様とお母様は無事なの？」

「リリヌはきっと大丈夫だ。自室にある隠し部屋でじっとしているだろうし、デュックが守っているはずだ」

「なぜ騎士が家を襲ったの？」

「デュックは何か言ってなかったか？」

「あっ、お父様はこの前、国王陛下にあの森の場所を知られたと言っていたわ！　それに、騎士に捕まりそうになったとも！」

「なんだと？　何故あの森の場所がわかったんだ？　『秘密の森』は周辺の森と見分けがつかないよう、高度な魔法で隠されているんだぞ。それに、『秘密の森』を知る者があの場所を漏らすことは絶対にしないはずだ」

やっぱり……『秘密の森』を知る者は、この世界の人以外にもいるのだろう。それはゲームをプレイしたことがある人物――そう、モフカだ！　あの子がきっと、お父様の秘密を陛下に教えたんだ。それで国王陛下は実力行使に出たのかもしれない。

「ラーロさん。森に向かいましょう！」

わたしはラーロさんに詰め寄り、ローブを掴む。

「国王陛下の目的は『秘密の森』よ！　早く行かないと……」

「こら、待ちなさい、シャルるん。落ち着きなさい……わかったから」

ラーロさんはゴソゴソとローブの中を探り、真鍮《しんちゅう》製の四角い入れ物を取り出した。

「シャルるん、今すぐこれを体中に塗ってくれ。魔女の秘薬だ」

「え？　この薬を体に塗るの？」

「ああ、馬車で行くより、俺が乗ってきたホウキで飛ぶ方が速い。魔女の秘薬は飛行魔法の補助薬になるんだ」

蓋《ふた》を開けると、ハーブや薬草が混じり合ったような独特の匂いがした。

体に塗ると緑色のクリームは透けて透明になったが、独特な匂いは消えない。

「マリー、悪いけど従者の方と城に帰って、シーラン様達が戻ったらこのことを伝えてくれる？」

「かしこまりました……シャルロットお嬢様、くれぐれもお気を付けてください」

「ええ、わかったわ。ありがとう、マリー」

魔女の秘薬を塗り終え、馬車からわたしが降ると、マリーを乗せたまま馬車は城へと引き返していった。

ラーロさんはホウキに跨《またが》る。そしてわたしもその後ろへ腰かけた。

「準備はいいかい？　飛ぶから俺の腰にしっかり掴まって！　シャルるん、行くよ！」

「はい！」

その瞬間、ラーロさんの魔力を感じる。ホウキはわたし達を乗せて飛び上がった。

「うわぁぁー！　わたし、空を飛んでる！」

「落ち着いて、振り落とされないようにね」

そうして秘密の森まで飛んできた。近くの茂みに降りて身を潜めながら、ラーロさんは秘密の森の入り口を見つめる。

「シャルるんはここでじっとしているんだ、俺は少し周りを見てくる」

そう言い残すと、ラーロさんは身を屈《かが》ませてガサガサと草をかき分け、秘密の森の近くまで進んでいった。わたしが茂みから顔を出して見回したところ、秘密の森の入り口に馬車や荷馬車が何台も停まっている。

あれは国王陛下のど派手な馬車だ。側面にラスター国の旗が垂れ下がり、装飾品も金を使用しているのか、どこにいても目立つ陛下の愛用の馬車。

その馬車の周りや森の前を、鎧《よろい》を身につけた騎士達が剣を構えて警備をしていた。

ラーロさんにはじっとしてろと言われたけど、そっと音を立てずに移動をして、森の門が見える場所まで進んだ。

(あっ、森の門が開いている!)

森の門が開いているということは、お父様は森の中にいる……やはり、陛下に捕まったんだ。その時、わたしの後ろの茂みがガサッと揺れた。振り向くと少し怒った顔をしたラーロさんが真後ろでしゃがんでいた。

「シャルるん、俺は動くなと言っただろう?」

「ごめんなさい。森が気になって、いても立ってもいられなかったの」

体を動かそうとして、ラーロさんに止められる。

「そのまま動かないで。やはり森の門が開いているな、デュックは捕まったのか？」

「そうみたいなの。陛下の愛用の馬車が森の前に停まっているし、きっとお父様は陛下と森の中にいるわ！」

「この国の王が動いているのか！　厄介だな」

今すぐにでも森を見に行きたいけど……森の門の近くや周りに、多くの騎士達が立っていた。

「やけに騎士が多いな……屋敷に残っていたのは少数か」

ラーロさんも、どうするべきか悩んでいるようだ。

その時、複数の騎士の叫び声が聞こえた。

「「うわぁーっ！　まただ、また地響きだー！」」

（地響き？）

「ん、地響きだと？　シャルるん、今揺れたか？」

「いいえ、わたしは何も感じませんでしたけど……」

「そうだよな。俺もだ……どういうことだ？」

森から離れた場所にいるわたし達のところでは、地響きは起きていなかった。

しかし、森の中にいる騎士達は地響きが起きたと、慌てて森の外に出てくる。

外に出た騎士達は震え上がり、森に戻ろうとはしない。

「騎士達の言動を見るに……あの森の中だけで起きているようだな？　……ここからでは中の様子

が見えない、森の裏側なら警備も手薄だろうから、そこまでホウキで飛んで森の中に入ろう！」

「わかりました、ラーロさん。早く行きましょう！　早く！」

「お、おい、シャルるんちょっと落ち着きなさい、俺のローブを引っ張るな！」

「いいから、早く、早く！」

わたし達は森の中から逃げてくる騎士達の目を盗んで、森に入った。

前と同じだ……肌にピリッとした刺激を感じる。

ゴオォォーッ！　ゴオォォーーーッ！

森の中へ降りた瞬間、森の外ではなかった凄まじい地響きが起きていた。

「きゃっ！　すごい揺れ」

あまりの激しい揺れに驚き、尻餅をついてしまう。

「シャルるん、大丈夫か！」

「はい、なんとか大丈夫です」

そのまま立ち上がることができず、地面に手足をつけて、移動をすることにした。ふと、耳に誰かの声が飛び込んでくる。

『……っ』

「えっ？　ラーロさん、何か言いました？」

「いや、俺はなんにも言っていない」

今、何か聞こえた……男性らしき低い声だった。

『グッ……グワァー』

その声と同時にまた地響きが起きて、グラグラと森が揺れる。

「きゃっ、何々？」

「どうした、シャルるん？」

（やっぱり今……とてつもなく低い呻《うめ》き声が聞こえた）

地響きもやまず、呻《うめ》き声も止まらない。

『……グワァーッ！　何故、奴が生きている！　そんなはずはない……しかし、匂いがする。これは奴の匂いだ！』

苦しげな呻《うめ》きの後に、声の主が何かを言っているけど……何を言っているかわからない。わたしは聞いたことがない言語だった。

その呻《うめ》き声が聞こえた後に、わたしは空を見上げて周りを見る。

「ねえ、あなたは誰に何を言っているの？　誰かに何かを伝えたいの？」

「どうした？　シャルるん？」

『よくも……我を裏切った奴が！　聖なるこの地にのうのうと足を踏み入れるとは、許さぬ、許さぬぞ！』

まただ。この声の主は何かに苦しみ声を上げているけど……わたしでは、あなたが何を伝えたいのかわからない。

ゴオォォーッ！　ゴォォオォーー！

森が揺れるたびに、騎士は恐怖に怯えて逃げ惑う。

「また、揺れたぞ！　逃げろ！」

「この森は呪われている！」

騎士達の悲鳴が、森の中に木霊《こだま》のように響き渡っていた。

『グワァーァァァ！』

この苦しむ声に胸を裂かれそう……！

「きゃあっーーー！」

「シャルるん……君はさっきから何に怯えているんだ？」

「ラーロさん…この森に入ってから声が聞こえるの！　恨みがこもった声が。でも、わたしではこの苦しんでいる人の言葉がわからない」

「何、声だって？　俺には地響きの音と騎士の悲鳴しか聞こえないが……君には誰かの声が聞こえるのか！」

わたしはラーロさんに頷いた。

この森の中にいる、騎士や陛下やお父様も聞こえていないのだろうか。

「こんな命令なんて、聞けるか！」

「やばい、逃げろ！」

地響きに恐怖し叫び声を上げながら、森の奥を見回っていた騎士達が外に出ようとするも、森を覆《おお》う見えない壁に阻《はば》まれていた。

それを誘導するために、ラーロさんが声を上げる。

「落ち着け！　東に行けば森から抜けられる！　早く行け！」

ラーロさんの声に、戦意を喪失《そうしつ》した騎士達は、一斉に出口を求めて走り去っていった。

森の奥を見回っていた騎士達は、みんな逃げていなくなったみたい。

「騎士達がいなくなったね。いまのうちに森の中央に行こう！」

「はい、ラーロさん」

激しく揺れる地響きと呻《うめ》き声の中を、ラーロさんのローブにしがみつきつつお父様がいるはずの中央を目指した。

しばらく進むとラーロさんが止まって身を屈《かが》めろと合図するので、それに従う。茂みからチシャの畑が見えた。ここは森の中央だ。

「シャルるん、いたよ。チシャの畑の近くにデュックと国王だ。騎士が数名一緒にいるな」

わたしもラーロさんが指差す方を見た。

「酷い！　あんなにチシャの畑を踏み荒らして！」

畑の中を騎士達が歩き回り、葉が潰れていた。どの畑も同じ有様だ。

奥の畑ではお父様が騎士に剣を向けられ、国王陛下と対峙していた。王子やセバスチャン、モフカは森に来ていないようだ。

『グオオオオオッ！』

ゴオォォォーッ！　ゴオォォォーッ！

大きな叫び声と、さっきよりも激しい地響きが同時に起きた。その声に耳を塞いだ。

「いやっ！」

「シャルるん、どうした？　大丈夫か？」

「はい……」

どうしてか中央のチシャの畑での揺れは一際大きい。

陛下は揺れに耐えきれなくなったのか、声を上げた。

「なんだ！　この森は呪われておるのか！　こんな呪われた森などいらぬ。えぇい、気味が悪い！燃やしてしまえ！　火だ。火を放て！　こんな呪われた森など燃やしてしまえーー！」

「それだけはおやめください！　陛下！」

止めに入ったお父様を振り払い、国王はなおも叫ぶ。

「えぇい！　うるさい！　早く燃やせ！」

「陛下！」

恐怖に慄《おのの》く陛下には、お父様の声が聞こえていない。ひたすら騎士達に火を放てと命令をする。

(火を放って、この綺麗な森を焼くの？)

咲き誇るラベンダーと湖の中央には竜人様のお墓がある。こんなにも綺麗な森に火を放つなんて……シーラン様達があんなに歓喜に沸いた森なのに。

勝手に来て勝手なことをするあなたは、どこまで身勝手なの？

言葉の意味はわからないものの、呻《うめ》き声に同調してか、わたしの心の中に何がでぶわっと湧き出した。

『お前だけは許さぬ……決して忘れぬ』

「許さない！　この森は燃やさせない！」

「シャルるん！」

わたしの体全体が憎悪に侵食されていく。

まるで何者かに背中を押されるように、わたしは咄嗟《とっさ》に立ち上がり、両手を前に突き出した。

その照準を、お父様に詰め寄る陛下の頭にゆっくりと合わせる。

（あとは呪文詠唱を終えるだけ！）

「【レイ……！】」

「やめろ、君はそんなことをしてはダメだ！」

呪文を唱える寸前に、ラーロさんの手によって口を塞がれた。

「う、ううーっ！」

「操られるな！　絶対にその魔法を唱えさせはしない。戻れ、シャルるん」

いち早くわたしの魔力の変化に気付いたラーロさんに必死に止められて、わたしは我に返る。

「え？　……わたしは……何をしようとしたの？」

「よかった、戻ってきたか！」

さっきわたしは、森に火を放とうとする陛下を駆逐するため、城壁に穴を開けた時にイメージした水鉄砲よりも強力な、大砲をイメージしていた。

もし止められずに呪文を唱えていたら……そう気付いて、わなわなと手が震える。

「今、わ、わたしは……魔法を人に向けて発動しようとした」

「大丈夫だ、気をしっかり持つんだ」

決して魔法を人に向けるなと注意を受けていたのに。ラーロさんが止めなかったら確実に陛下に向けて放ち、怪我を負わせていただろう。

「ああっ……わたしはなんてことを……ラーロさんごめんなさい……でも、森に火が！」

「落ち着いて、ゆっくりと深呼吸をするんだ」

「……はい」

ひとまずは落ち着きを取り戻したけど、こうしている間にも森が燃えていく。

『我の森を……グギャァァーー！　お前は我からまた奪うのかーー！』

けたたましい叫び声。大きな地響き。恐怖した陛下はお父様を突き飛ばし、騎士に連れられて森に火を放って逃げていく……

（このままでは森が焼けてしまう。青々と茂る木々や、お父様が丹精《たんせい》込めて育てたチシャの畑。レキン湖の周りに咲くラベンダーや花達。竜人様のお墓も、すべて焼けてしまう）

どうすればいい？　……そうだ、今こそ、天候系魔法だ。

この森に大粒の雨を降らせれば、燃え盛る炎を消せるかもしれない。

わたしはイメージを膨らませる。雨、それも大粒の雨を思い浮かべた。『この神聖な森を守りたい』と願いを込めて空に向け、両手を上げ「【レイン】」と唱える。

わたしの手から魔法が放たれた直後、森全体を呑み込むほどの巨大な魔法陣が現れ、空を雨雲が覆《おお》った。そして森に大粒の雨が降り注ぎ、炎が徐々に静まっていく。

それを間近で見ていたラーロさんは息を呑む。

「きょ、極大魔法【レインブラスト】!?　これはすごい。先程の魔力の昂《たか》ぶりといい、この雨の魔法にしても……君は一体、何者なんだ？」

「よかった……森を守れた」

わたしは消えていく炎を見て安心し、体の力が抜けてしまい、その場に崩れ落ちる。

「大丈夫か？　シャルるん？」

わたしは頷き、ラーロさんを見上げて微笑んだ。

「やったよ、ラーロさん。森の火が消えていく、水の魔法が上手くいきました！」

「ははは、スゴイな、シャルるん。まさか天候系魔法で森の炎を食い止めるなんて」

ラーロさんは笑いながらわたしの横にしゃがむと、大きな手で頭を撫でてくれた。

「本当に君はすごいな……それで、聞こえていた声はどうなった？」

そういえば、あの大きな声の後からは何も聞こえていない。

「あれっ？　聞こえなくなっている？　陛下が森に火を放った時までは聞こえていたのに……なんだったんだろう、あの声……それに地鳴りも収まってる」

さっきまであんなに森全体が揺れていたのに、辺りはいつもの静かな初夏の森に戻っていた。

ラーロさんは森を見上げて呟く。

「声や地鳴りか……俺ではわからないな。今度、俺の上司を連れてきて、この森を隅から隅まで調べてもらうしかない」

「ラーロさんの上司？」

聞き返したけど、ラーロさんは答えず、笑って前を歩き出した。

「ほら、行くぞ。シャルるん」

「待ってください、力が入らなくて！」

「おっと、そうだった。ごめんな」

「ラーロさん、お姫様抱っこはダメよ！」

「ん？　あぁ、わかってるよ。シャルるん専属の王子様に悪いからなぁ」

「ラーロさんっ！」

そうしてお父様がいる中央の畑までラーロさんに支えられながら向かう。すると、お父様が騎士達によって潰された畑に、大粒の雨の中、呆然と立ち尽くしていた。

「お父様！」

わたしの声が聞こえて振り向くお父様。

「っ！　シャルロット？　どうしてここに？」

お父様のすぐ側に行こうと気持ちだけが先走り、ラーロさんの手から離れた途端に足がもつれて思いっきり転んだ。

「うぎゃっ！」

「あーっ、シャルるん！」

駆け寄ってきたラーロさんを見上げた。

「……ラーロさん。足が思うように動かないよ」

「君は何度俺に落ち着けと言わせる気なんだ。今に大怪我をするぞ！」

ほらっと、差し出されたラーロさんの手を掴んで、起こしてもらうのかと思いきや——

「きゃぁ！」

嘘っ、ラーロさんの肩に担がれた。

「やだ！　降ろしてください」

「ダメだね。君はちょっとでも目を離すと危ない。お姫様抱っこがダメだと言われたんだから、こうするしかないだろう」

「いやぁーっ！」

担がれたわたしを見てお父様が声を上げる。

「ラーロ、私の娘をそんな荷物のように扱うな！」

「待て、デュック。シャルるんは目を離すとかなり厄介だ。かなりのお転婆《てんば》さんに育っているぞ！　リリヌみたいにお淑《しと》やかにならないとな！」

「おかしいな？　リリヌに似て淑《しと》やかな子だぞ？」

「お父様、わたしはお淑《しと》やかですわ！」

「シャルるん！　嘘をつかない。だいたい君は俺の話を聞かず、じっとしていろと言っても動くし、ダメだと言ったこともやってしまう」

あー、本当のことばかりで耳が痛い。

「そっ、そんなことよりもお父様、チシャの畑もですが、湖を見に行きましょう」

「ああ、そうだった」

そうしてラーロさんに担がれたまま湖に向かった。ラベンダーや花達だけでなく、竜人様のお墓も変わりはなく、湖に着いてすぐに安堵する。

「よかった。……騎士達はここに足を踏み入れていないみたい」

わたし達はホッとして湖を後にした。

中央の畑に戻り、踏み荒らされたチシャの畑をどう元に戻すか、みんなで悩んだ。

「チシャの畑をこうも踏み荒らされては……なかなか元には戻せないな」

「そんなことないわ、大丈夫よお父様！　わたしも頑張りますから……一緒にチシャの畑を戻しましょう。今日はラーロさんもいるもの！」

「俺っ？　俺には葉を伸ばすなんて出来ないぞ……」

わたしはラーロさんに明るく言う。

「一緒に空高く手を伸ばし、大声を出して、イメージしましょうね！」

さぁーっと、ラーロさんの顔が青ざめた。ご自分がお父様に教えたんだから責任を取ってもらいましょう。

「さあ、お父様、ラーロさん。やりましょう」

「ようし！　やるぞ、シャルロット！」

「なんで俺まで……」

やる気を出したお父様と、わたしを担いだままから笑いをするラーロさん。

一旦、苗を抜いて、踏み荒らされたチシャの畑を鍬《くわ》で耕《たがや》しそこに苗を戻す。その後、畑の周りを囲んで、大の大人二人とわたしとで空に手を上げた。

「チシャの葉、頑張って！　育て！」

「育て！」

「……育て……」

「ラーロさん！　声が小さい！」

たくさんある畑を一枚ずつ丁寧に耕《たがや》して、チシャの葉を元通りに植える。その作業を始めてから一時間後。みんな土の上へ倒れ込むように座った。

「やったわ、お父様！　畑をほぼ元通りにしたわ！」

「ああ、なんとかなったな」

「疲れた……」

「何よ、もう疲れたの？　ラーロさんはお父様よりも体力がなさすぎよ！」

「シャルるん、言わせてもらうけど。魔法使いは体じゃなくて精神を鍛えているんだ。ムキムキな魔法使いは滅多にいないよ」

「屁理屈ばっかり！」

全部のチシャを元通りに戻すことは出来なかった。でも、蘇《よみがえ》ったチシャの葉もある。

最後の仕上げとして魔法で水を撒《ま》こうと、立ち上がった。

「今からここに水を……うわぁ……」

足の力が入らなくて、ストンとその場で尻餅をつく。

ラーロさんはそのわけを理解しているのか、冷静にわたしを支え、今度はお姫様抱っこした。

「魔力の使いすぎだね。森全体に雨を降らした極大魔法の後にチシャの畑を戻して、また魔法で水を出そうだなんて無理だ。君は自分の魔力の容量を知らなくてはならないな」

「はい……ごめんなさい」

「でも一つ勉強になったかな？　何も考えずに魔力を使ったらこうなる……わかった？　君はまだ魔法を使い始めたばかりなんだからな」

「わかりました」

夢中になると自分の魔力量を忘れるし、使いすぎるとみんなに迷惑がかかる。ちゃんと覚えておこう。

「デュック、シャルるんを俺の屋敷に連れていく。明日にでもリリヌと来い。そちらにはまた今日の奴らが来ないとも限らない」

「わかった……シャルロットをよろしく頼む」

「大丈夫だ、可愛いリリヌの娘だ。手厚くもてなすよ……あと、悪いんだけど、明日来る時にチシャの葉を少しでいいから持ってきてほしい」

「わかった。今出来た分を採って持っていくよ」

わたしが降らせた雨はいつのまにかやんでいた。

森の外に出ると国王陛下の馬車や荷馬車はなく、たくさんの足跡だけが残っている。

「あいつら慌てて帰ったみたいだな。相当地鳴りが怖かったらしい……国を守る騎士の癖に頼りないな」

ラーロさんの言葉を聞き、森の門を閉めていたお父様が呟く。

「この森であんなに地響きが起きたのは初めてのことだ。しかし、陛下や騎士達が森を去った後はピタリとやんでいたな」

(声と同時に地鳴りもやんだ……それにどういう意味があったのかな？)

「へっ、くしゅっ…」

雨に濡《ぬ》れたままで寒くなってしまった。

「そういや、さっきの雨でみんな濡《ぬ》れたままだったな、ちょっと待っていろ。【ウインド】」

ラーロさんはわたしをお父様の隣に下ろし、掌《てのひら》をこちらへ向けて風の魔法を唱える。

すると、わたしとお父様の間に優しい風が吹き、濡《ぬ》れてしまった衣服や髪を乾かした。

「シャルるん、これが風の魔法だよ」

風の魔法？　でも、わたしとお父様だけが風を受けていて、魔法をかけたラーロさんはまだ濡《ぬ》れている。

「ラーロさんは？　自分には魔法はかけられないの？」

「そうだね……俺は大丈夫だから」

「駄目よ、大丈夫じゃないわ！」

ラーロさんの真似をして「【ウインド！】」と唱えてみた。ただ風のイメージとして荒れ狂う風をイメージしてしまい、轟々《ごうごう》と風が鳴る。

「シャルるん、イメージが激しい！　風が強すぎだ！」

「シャルロット、ラーロが飛ばされてしまう」

「えっ、止まらないの！　この魔法はどうやって止めるの！」

「シャルるん！　イメージと魔力がぁぁー」

「なあに!?　聞こえない！」

ラーロさんと、助けに行ったお父様が、台風に煽《あお》られるレポーターみたいだ。

ラーロさんに至っては、黒いローブがバタバタとなびている。

必死に飛ばされないように頑張るラーロさんとお父様……申し訳ないけど、ちょっと面白い。

魔法が切れたのか、魔力が切れたのか、やがて風が収まった。

「ふうっ……君は加減を知らないな」

「シャルロット……気を付けなさい」

「ごめんなさい」

「さあ、もしものためにと隠しておいた荷馬車で帰ろうか」

帰りに事の経緯をお父様に聞いたところ、まだ日が昇らぬ明け方に、屋敷の外に馬車が止まる音を聞き、窓から覗いたら大勢の騎士と陛下が家の前に陣取っていたらしい。

そこでお父様は寝ているお母様を起こして隠し部屋に隠し、自分は国王陛下が部屋に来るまで寝たふりをしていた。

そして部屋に踏み込んできた騎士に起こされ、森まで連れてこられたのだとか。

森まで来たところで、森についてなぜか詳しく知っている国王陛下に「この門を開けよ」と言われ、騎士に剣を突きつけられて門を開け、さっきの状況になっていたそうだ。

家に着くと、踏み荒らされた庭先にお母様が泣き腫《は》らした目で立っていた。

わたし達に気付いたお母様は庭先から走って出てくる。

「ダンテ、ダンテ。大丈夫だった？」

「リリヌ、私は大丈夫だよ。シャルロットとラーロが森へ駆けつけてくれたんだ」

お母様は荷台に乗るわたしとラーロさんを見た。

「お母様、ご機嫌よう」

「まあ、シャルロット、なんなのその格好は……怪我はしていない？」

「平気です、お母様」

「リリヌ、デュックとシャルるんの心配ばかりして、お兄ちゃんの心配はしてくれないのか？」

「ええ、兄様の心配はいたしません。優秀な魔法使いなのですから」

お母様にそう言われて、ラーロさんはニヤけた。

「そうだな、俺は優秀な魔法使いだ。さてと、俺はシャルるんの着替えを手伝うかな！」

顔をニヤけさせて、指をワキワキさせながら近付いてくる。

「結構です。今日はワンピースだから一人で着替えられますので！」

「待ってよ、シャルるん！」

ついてこようとするラーロさんから距離を開け、自分の部屋へと駆け込んだ。

部屋に入って一息つき、体がだるくて重いことに気付く。

わたしは力の入らない体を扉に預けて、ゆっくり床に座り込む。左手首の彼とお揃いのブレスレットを眺めていると、ブレスレットに装飾された、彼の瞳と同じ色の魔石が光り出した。

「綺麗……シーラン……さ……ま」

一目彼に会いたいと強く想うわたしの口から、彼の名が漏《も》れていた。

その願いがブレスレットに届いたのか、淡く光っていたコバルトブルーの魔石が部屋全体を照らすほどに明るく輝き出した。

頬に優しい風が当たる。わたしの好きな優しい彼の温《ぬく》もりと同じように穏やかな風。

「シャル……ロット？　おい、どうした！」

シーラン様の香りがする優しい風が、彼本人を乗せて、わたしのもとに連れてきてくれた。

彼は扉の前でうずくまるわたしをそっと後ろから抱きしめる。

「これは魔力の枯渇《こかつ》か？　何があったんだ？」

「わたしね……わたしの魔法で国王から……森を、森を守ったんだよ……」

「あの国王か？　森で何が？　いや、そんなことよりも、君の方が先だ！　俺の魔力を受け取るんだ！」

シーラン様がわたしの体をいっそうキツく抱きしめた。彼の必死の抱擁《ほうよう》が心地よく感じられる。そうして彼の魔力が注がれた。それは温かく、優しさがわたしの全身を包み込むようだった。

わたしはシーラン様の魔力で幸せに満たされる。

「ふわぁっ……シーラン様……」

「これでひと安心だ。シャルロット、まだ足らないのなら、遠慮せず俺の魔力を受け取ってくれ」

わたしの枯渇《こかつ》した魔力が次第に潤《うるお》いを取り戻していくのがわかった。

「シャルロット、俺達の森を守ってくれてありがとう」

「みんなの大切な森だもの……何があっても守るわ」

「そんな無茶をする君を俺が……守る……よ」

わたしにゆっくり覆《おお》い被さりながら、シーラン様の姿がチビドラに変わっていく。やがて完全にチビドラになった彼はわたしの胸にしがみついた。

「ふふふ、どっちが無茶をしているのかしら」

『クークー』

胸にしがみつくチビドラちゃんを、わたしはそっと優しく抱きしめた。